Jula Langhirt | Die Amulette

AF130225

JULA LANGHIRT

Die Amulette

ROMAN

Die Bibliografische Information der Deutschen Bibliothek

Die Deutsche Bibliothek verzeichnet diese Publikation in der Deutschen Nationalbibliografie; detaillierte bibliografische Daten sind im Internet über www.d-nb.de abrufbar.

Einbandabbildung: © Hubert Langhirt
Herstellung und Verlag: BoD - Books on Demand, Norderstedt
© 2015 Jula Langhirt
ISBN 978-3-7386-2128-0

Prolog

Es ist mal wieder November geworden. Seit Jahren ist er für mich nicht nur ein trüber und dunkler Monat. Nein, er ist auch mein Monat der Gedanken und Ideen.

Da es abends schon früh dunkel und kalt draußen ist, verkrümele ich mich rechtzeitig ins Haus. Am liebsten vor den Kamin. Dort mache ich es mir mit einer Tasse heißem Tee, Kerzenduft, einer Leselampe und meinem Laptop bequem. Ich sitze in dem alten, schon etwas ramponierten Ohrensessel; denke so über dies und jenes nach. Schließlich lasse ich mich zum Schreiben einer neuen Geschichte hinreißen.

Nachfolgender Roman ist meinen verstorbenen Eltern gewidmet. Jedes Mal, wenn ich eine neue Kurzgeschichte verfasst hatte und sie diese mit Wonne lasen, kam der Kommentar: »Schreib doch längere Texte, sie müssen ja nicht immer auf Tatsachen beruhen.« Mit »Die Amulette« entspreche ich zum Teil ihren Wünschen. Die Handlung ist, ebenso wie die meisten Personen, frei erfunden. Die alten Urkunden, die Amulette, die

Fotos und das braune Köfferchen sind allerdings in unserem Familienbesitz.

Jula Langhirt
November 2014 bis Januar 2015

Erstes Kapitel

Wir sitzen in unserem Lieblingslokal.

Wir, das sind drei Frauen mittleren Alters, die zweiten und dritten Grades miteinander verwandt sind: Christine, meine Cousine, Mechthild, meine Großcousine, und ich.

Seit einigen Jahren haben wir das Ritual, uns am ersten Freitag im Juni einen reinen Frauentag zu gönnen. Zuerst gehen wir am frühen Vormittag in die Sauna. Einen kleinen Mittagsimbiss erlauben wir uns noch in der Therme, bevor wir zum Shopping in die Stadt fahren. Dort bringen wir in der ein oder anderen kleinen Boutique die Verkäuferinnen in Unruhe oder in Verlegenheit. Es ist schon vorgekommen, dass wir dreimal die gleichen Sandaletten erworben haben. Alle in Größe achtunddreißig, für kleine Schuhgeschäfte eine richtig gute Herausforderung, denn oft gibt es pro Schuhpaar nur zwei Exemplare einer Größe. Beim Modeschmuck haben wir auch alle drei den gleichen Geschmack und auch hier gibt es keine Größenprobleme. Lediglich in der Auswahl der anderen Klamotten unterscheiden wir uns gewaltig. Christine trägt gerne hautenge Röcke oder Jeans nur in Schwarz mit roten Oberteilen. Mechthild ist die Lady unter uns dreien. Sie bevorzugt Hosenanzüge der Extraklasse, vornehmlich in Champagnerfarben oder edlem Grau. Ich hingegen genieße ein etwas salopp wirkendes Outfit in blauen Jeans mit Buntem darüber.

Christine und ich wohnen nur fünf Straßenkilometer voneinander entfernt. So ist es eine Selbstverständlichkeit, dass wir an diesem Tag mit *einem* Auto unterwegs sind. Mechthild wohnt in Saarbrücken und wird von uns immer abgeholt. Auch heute. Mit *einem* Wagen ist es wesentlich einfacher, in der Innenstadt einen Parkplatz zu finden. Sehr zentral für uns ist das Parkhaus am Beethovenplatz. Es besitzt sogar extra ausgewiesene Frauenparkplätze. Ich finde gleich auf der ersten Plattform so ein Plätzchen.

Nach Schuhen und Kleidern Ausschau zu halten, dazu fehlt uns der nötige Elan. Stattdessen lassen wir uns einfach mit der Masse treiben. Vorbei an den vielen Handyläden, Schuhgeschäften, Modehäusern und Büchereien. Hier und da bleiben wir natürlich doch an Schaufenstern stehen. Schließlich haben wir Hochsommer und alle Geschäfte haben ihre Auslagen auf Urlaub und Sonne getrimmt.

Das bringt uns auf die Idee, einen Kurztrip in ein gutes Wellnesshotel an der See zu buchen. In der neu gestalteten Einkaufspassage suchen wir ein Reisebüro auf. Mit einem riesigen Berg an Katalogen von Angeboten der Ost- und Nordsee betreten wir schließlich *Jo's Winery* am alten Markt.

Es ist ein eher kleines Lokal mit Sitzgelegenheit auf dem Markt, an der kleinen Bar und im mediterran eingerichteten Innenhof. Wir bevorzugen Letzteres und lassen uns auf den Loom-Sesseln nieder. Sogleich ist ein äußerst netter glatzköpfiger Kellner an unserem Tisch, um die Bestellung aufzunehmen. Mechthild und Christine entscheiden sich, gemeinsam eine Flasche spanischen Rotwein zu trinken. Schließlich ist Jo bekannt dafür, eine vortreffliche Auswahl an Rotweinen zu haben. Mir bleibt als Autofahrerin nur prickelndes, kühles Beamtenwasser.

Vor uns liegen die Hochglanzprospekte verschiedener Nobelhotels quer durch die ganze Republik. So richtig voran kommen wir mit unserer Auswahl nicht. Dies liegt daran, dass wir bisher weder einen idealen Termin gefunden noch unser Budget abgesteckt haben. Stattdessen haben wir dem Ober eine weitere Order gegeben. Die hoch angepriesenen Tapas wollen wir uns noch genehmigen. Wir verlieren jegliches Zeitgefühl und entdecken eine weitere Gemeinsamkeit.

Ohne nachzudenken, rein aus Zeitvertreib oder um die Finger zu beschäftigen, spielen wir an unseren Kettenanhängern. Mir fällt das auf und ich werde neugierig, wieso wir alle drei die gleichen Anhänger haben.

»Wo habt ihr euer Amulett her?«

Jetzt erst werden auch Christine und Mechthild aufmerksam und zugleich nachdenklich. Jede von uns nimmt ihr Schmuckstück ab und legt es auf den Tisch. Sie sind bis auf die Ketten identisch. Das Sternzeichen des Löwen ist auf dem goldenen runden Anhänger mit circa anderthalb Zentimeter Durchmesser. Dieser Anhänger wurde uns offensichtlich zur Taufe geschenkt. Ich glaube mich erinnern zu können, dass mir mein Vater vor sehr langer Zeit erzählt hat, dass dies ein sehr, sehr altes Familienstück sei, das eine tragische Geschichte verberge. Damals legte ich keinen besonderen Wert auf Familiensaga und winkte desinteressiert ab. Warum eigentlich?

Mechthild dreht die drei Teile, welche wie kleine Taler wirken, um. Winzig klein ist auf der Rückseite eine Gravur. Christine und Mechthild setzen ihre Lesebrillen auf; ich hingegen nehme meine Brille ab. Wir blinzeln und halten die Goldstücke unter die Lampe.

»Ich hab's, ich kann es entziffern«, frohlockt Christine.

In der Tat sind es kleine Goldstempel, jeweils vier Zahlen. 1858, 1861 und 1869 sind dort eingraviert. Daneben eine kleine Punze, kaum zu erkennen. Meine herumgedrehte Brille wirkt wie ein Vergrößerungsglas.

»Sieht aus wie eine Krone«, sagt Christine mit meiner Brille in der Hand und ihrer auf der Nase. Die zwei legen ihre Sehhilfen wieder ab, ich rücke meine wieder zurecht.

»Das sind Jahreszahlen. Wir sind aber 1958, 1961 und 1969 geboren, also einhundert Jahre später«, stellt Mechthild fest. Wir beiden anderen nicken erst einmal. Stille herrscht auf einmal an unserem sonst eher lebhaften Tisch.

Ich breche das Schweigen und erzähle, was ich von meinem Vater erfahren habe. Mechthild runzelt die Stirn und sagt letztlich das Gleiche wie ich. Ihre Mutter erwähnte mal so etwas vor etlichen Jahren. Aber sie habe kein Interesse an Klatsch und Tratsch gehabt und deswegen lässig abgewunken.

Jetzt ist es offensichtlich zu spät, diese Geschichte zu recherchieren. Christine hat keine Ahnung, wo ihr Teil herkommt. Aber offensichtlich gehört es zu dieser Serie.

Neugierde und Ehrgeiz treiben mich an, erst einmal die beiden lieben Cousinen zu überreden, dies nicht so einfach hinzunehmen.

Es dauert noch geschlagene zwei Stunden, bis wir endlich das Lokal verlassen. Den Wellnessurlaub haben wir vertagt. Jetzt wollen wir uns doch mit der Familiengeschichte und der Herkunft der

Amulette beschäftigen. Die erste Überlegung lautet, in der direkten Familie nachzufragen.

Mein Vater ist leider zehn Tage nach dem Tod meiner Mutter 2010 verstorben. Da ich keine Geschwister habe, ist meine Nachforschung schon beendet.

Christines Mutter Helga, die junge Schwester meines Vaters, lebt seit Jahren zusammen mit Ehemann Rainer, Sohn Thomas, Schwiegertochter und drei Enkelkindern auf Mallorca. Dort betreiben sie in der Nähe von Valdemossa eine kleine Bodega mit Zimmervermietung. Der Kontakt mit ihrer Tochter Christine ist sporadisch und findet nur an hohen Feiertagen statt. Den Grund kennt Christine nicht. Somit ist ihr dieser Weg der Nachforschung auch versagt.

Mechthild ist letztlich die Einzige, die noch Chancen sieht. Sie könnte ihre Mutter oder ihre Tante, die nächste Verwandte, befragen.

Wir verabreden uns zu einem weiteren Treffen. Zwei Wochen Zeit räumt sich Mechthild ein, um zuerst mit ihrer Mutter zu reden. Sie ist die Cousine meines Vaters und die von Christines Mutter.

Doch so lange brauchen wir gar nicht auf das Ergebnis zu warten. Zwei Tage nach unserem Sauna- und Restaurantbesuch teilt Mechthild mir telefonisch mit, dass ihre Mutter sich nicht an allzu viel erinnern kann. Eine schleichende Altersdemenz macht es ihren Erinnerungen sehr schwer. Sie ist dreiundachtzig Jahre alt. An das Amulett als Taufgeschenk an ihre einzige Tochter kann sie sich sehr wohl erinnern. November 1958. Das ist lange her. Wo es herkam und wer es angefertigt hatte und was 1858 auf Mechthilds Anhänger bedeutet – dafür findet Sofie keine Antwort. Die Erinnerungs- und Gedächtnislücken sind in der letzten Zeit immer größer geworden. Arme Sofie, arme Mechthild, die mit der Krankheit ihrer Mutter oft überfordert zu sein scheint. Ihre kleinen Fluchten in die Sauna, das Shopping und der innige Kontakt zu Christine und mir helfen ihr.

Christine und ich kennen Tante Anna nicht näher. Sie ist die jüngere und einzige Schwester von Mechthilds Mutter. Selbst Mechthild hat ihre Tante bisher nicht oft im Leben gesehen. Das liegt daran, dass Anna seit 1962 im Kloster *St. Laurentius* in Krummholz lebt. Der letzte persönliche Kontakt war bei der Beerdigung von Mechthilds Vater 2000. Aber bei ihr könnte man mit den Nachforschungen beginnen.

»Sie ging in jungen Jahren ins Kloster, mehr weiß ich nicht«, sagt Mechthild am Telefon. »Wir müssen die Tante im Kloster besuchen.«

»Ich war noch nie in einem noch bewohnten Kloster«, lautet meine etwas entsetzt klingende Antwort.

»Ich auch nicht – aber interessant finde ich

das schon, dort mal reinzuschauen. Wie die Nonnen dort leben, von was die leben und das ganze Drumherum in dem alten Gemäuer«, pflichtet mir Mechthild bei.

Christines Reaktion verblüfft uns.

»Ist dort in der Nähe vielleicht ein Wellnesshotel? Das Thema Kurzurlaub und Erholung ist bei mir noch nicht Geschichte. Es könnte aber zu unserer Familiengeschichte Erhebliches beitragen.«

So ihr Gedankengang am darauffolgenden Tag nach Mechthilds Anruf bei mir.

Zweites Kapitel

Meine Gedanken drehen sich im Kreis, beziehungsweise rund um die drei Amulette. Ich krame die von meinen Eltern hinterlassenen Papiere wie Pässe, Stammbücher von den beiden und das meiner Großeltern hervor. Finde alte Geburtsanzeigen von Leuten, deren Namen mir nichts sagen. Es ist jedoch höchst interessant, zu entziffern, wie zur damaligen Zeit solch ein wichtiges Dokument aufgesetzt wurde. Heute ist man auf wenige Fakten wie Name, Geburtsdaten, Ort und Angaben zu den Eltern beschränkt.

ERSTES DOKUMENT

Geburts-Akt

Vom fünften des Monats Dezember im Jahre eintausend achthundert fünf und dreißig um zwölf Uhr des Mittags, Geburts-Akt von Hilde Rosch, geboren zu Hausbach den fünften Dezember um sechs Uhr des Vormittags ein tausend achthundert fünf und dreißig,

Tochter von Mathias Rosch, Orgelbauer von Hausbach alt dreißig fünf Jahre und seiner Ehefrau Maria Prinz. Das Geschlecht des mir vorgezeigten Kindes ist für weiblich anerkannt worden.

Erster Zeuge, Wilhelm Heinz vierzig vier Jahre alt, von Gewerbe ein Ackerer, wohnhaft zu Hofheim, zweiter Zeuge, Matthias Hübscher, dreißig acht Jahre alt, von Gewerbe ein Ackerer, wohnhaft zu Hofheim. Auf die Aufforderung die an uns gemacht worden von Mathias Rosch Vater des Kindes wurde dieser Akt in doppeltem Original errichtet; und haben unterschrieben. Anzeiger Heinz erklärte nicht schreiben zu können.

Beurkundet und vorgelesen der Gesetze gemäß von mir Josef Peter Schommer Bürgermeister von Hausbach das Amt eines öffentlichen Beamten des Zivilstandes versehend.

So geschehen zu Hausbach am Tage, Monat und Jahr wie oben.

Gez. Wilhelm Heinz
der Zivilstandesbeamte

Gez. Matthias Hübscher
Gez. Schommer

Für den richtigen Auszug.
Hofheim, den 10. Juni 1931

Gez. Langenfeld
Gebühr 0,60 Mark Nr. 229

ZWEITES DOKUMENT

Heirats-Akt

Im Jahr ein Tausend acht Hundert zwanzig acht schienen vor mir Civilstands – Beamte Michel Hoffmann der Bürgermeisterei Behsering im Kanton Merzig einer Seits der Mathias Rosch, gemäß beigelegtem Geburtsscheins, alte zwanzig neun Jahr, geboren zu Hausbach von Profession Orgelbauer wohnhaft zu Hausbach, großjähriger Sohn des Wilhelm Rosch von Profession Orgelbauer wohnhaft zu Hausbach und der Angela Biesen wohnhaft zu Hausbach.

Anderer Seits die Jungfer Maria Prinz gemäß beigelegtem Geburtsscheine, alt zwanzig vier Jahre, geboren zu Saarbach, wohnhaft zu Saarbach, großjährige Tochter des verlebten Joseph Prinz on Profession ein Ackerer wohnhaft zu Saarbach und der Barbara Lang und forderten mich auf, zur feierlich gesetzlichen Anerkennung ihrer versprochenen Ehe voranzuschreiten, indem nach den geschehenen Bekanntmachungen ihrer Eheversprechungen, wovon die erste am zwanzig und achten des Monats Januar im Jahre Achtzehnhundertachtundzwanzig um elf Uhr des Vormittags und die zweite am vierten des Monats Februar im Jahre Achtzehnhundertachtundzwanzig des Vormittags um Elf Uhr zu Behsering verkündet wurde, keine Hindernisse oder sonstige Einsprüche dagegen vorgebracht worden sein. Da mir auch wirklich keine deren gegen dieses Eheverlöbnis zugestellt sind, die Verlobten sich auch laut Einwilligung der noch lebenden Eltern wegen der erforderlichen Einwilligung und des ehrerbietigem Antrage ausgewiesen haben; da ferner alle durch Gesetz vorgeschriebenen Formen beachtet wurden, so wie es aus dem oben Angeführtem erhellt, so habe ich, der Beamtete des Zivilstandes von Behsering nachdem ich alle in diesem Akt angeführten Schriften vorgelesen und den Verlobten die Rechte und Pflichten der Ehegatten wörtlich nach den 6ten Kapitel des 5ten Titels des 1ten Buches der Zivil-Gesetze auseinander gesetzt hatte, den Bräutigam Mathias Rosch gefragt, ob er seine Braut Maria Prinz zur Frau nehmen wolle, ebenso habe ich die Braut Maria Prinz gefragt, ob sie ihren Bräutigam Mathias Rosch zum Manne nehmen wolle, und da jeder der Verlobten auf die an sie gerichteten Fragen mit »Ja« antwortete, so erkläre ich hierdurch die Benannten Mathias Rosch und Maria Prinz von nun ab als Ehegatten vereint; worüber ich gegenwärtigen Akt im Beiseyn von vier Zeugen in doppeltem Original aufgesetzt, nämlich:

1tens des Franz Hoffmann von Profession ohne, alt dreißig drei Jahr, wohnhaft zu Behsering

2tens des Johann Stein von Profession Ackerer, alt vierzig acht Jahr, wohnhaft zu Behsering

3tens des Peter Hoffmann von Profession Handelsmann, alt dreißig zwei Jahr, wohnhaft zu Behsering

4tens des Nikolas Lorenz von Profession ein Taglöhner, alt vierzig zwei Jahr, wohnhaft zu Behsering welche Zeugen mit den zusammengegebenen Ehegatten und mir, nach gehaltener Vorlesung, diesen Akt unterschrieben und gehandzeichnet haben.

So geschehen zu Behsering am Tag, Monat und Jahr wie oben.

Hand + Zeichen. Mathias Rosch, Hand + zeichen Maria Prinz, Barbara Lang, F. Hoffmann, Johann Stein, Peter Hoffmann, Nikolas Lorenz. Der Bürgermeister: Michel Hoffmann.

Die Richtigkeit des Auszuges wird hiermit bescheinigt.

Merzig, den 11. Juni 1931
Der Standesbeamte Krone

Geburts-Akt

Bürgermeisterei Irsch, Kreis Saarburg, Friedensgerichtsbezirk Saarburg. Vom neunundzwanzigsten des Monat Juli im Jahre eintausendachthundertdreißig und zwei, nachmittags um elf Uhr. Geburtsakt von Paul Schink, geboren den neunundzwanzigsten Juli eintausendachthundertdreißig und zwei, um 6 Uhr des Morgens zu Beuren. Sohn von Johann Schink, Schullehrer wohnhaft zu Beuren und dessen Ehefrau Maria Schmitt. Das Geschlecht des mir vorgezeigten Kindes ist für männlich anerkannt worden.

Erster Zeuge: Nikolaus Newel, Schullehrer, wohnhaft zu Irsch sechs und zwanzig Jahre alt.

Zweiter Zeuge: Michel Pütz, Ackerer, wohnhaft zu Irsch, sechzig Jahre alt.

Auf die Auforderung die an uns gemacht worden von Johann Schink, Schullehrer wohnhaft zu Beuren, achtunddreißig Jahre alt, Vater des Kindes.

Beurkundet und vorgelesen im doppelten Original dem Gesetze gemäß von mir Johann Mauerer, Adjunktd des Bürgermeisters von Irsch das Amt eines öffentlichen Beamten des Zivilstandes versehend hierzu dele-

giert in Gemäßheit dessen Beschlusses vom achtundzwanzigsten Januar achtzehnhundertdreißig und zwei und haben mit mir unterschrieben mit Ausnahme des Michel Pütz, welcher erklärte nicht schreiben zu können.
So gesehen zu Irsch am Tage, Monat und Jahre wie oben.

Nikolaus Newel
Michel Pütz
Johann Mauerer
Für den richtigen Auszug:
der Standesbeamte J. V.

VIERTES DOKUMENT

Sterbe-Akt

Im Jahre ein tausend acht hundert und sechs und siebzig am vierten des Monats März um elf Uhr des Vormittags erschienen vor mir Civilstandsbeamten Karl Matthis Bürgermeister der Bürgermeisterei Hausbach, Friedensgerichtsbezirk Merzig der Goldschmied Paul Schink alt vierzig und vier Jahre, wohnhaft zu Saarbach und dessen Ehefrau Hilde Rosch ein und vierzig Jahre alt, dass im Jahre ein tausend acht hundert und sechs uns siebzig , am dritten des Monats März um sechs Uhr des Abends zu Hausbach ihre drei Töchter Rita geboren am elften des Monats August ein tausend acht hundert acht und fünfzig, Anna geboren am vier und zwanzigsten des Monats Juli ein tausend acht hundert ein und sechzig und Rosa, geboren am achten des Monats August ein tausend achthundert und neun und sechzig, und erklärten, dass beim Brand im Hause der Großeltern Mathias Rosch und Maria Prinz zuletzt wohnhaft zu Hausbach, ums Leben gekommen sind, worüber ich gegenwärtigen Akt aufgesetzt habe, welcher nach Vorlesung desselben von den Anzeigenden und von mir in doppeltem Original unterschrieben wurde.

So geschehen zu Hausbach, am Tage, im Monat und Jahre wie oben.

Gez. Paul Schink, Karl Matthis

Es sind ganz vergilbte alte, mit Schreibmaschine geschriebene dünne Durchschläge. Die Buchstaben erscheinen geschwollen, bedingt durch mehrfaches Durchschreibpapier. Es sind bestimmt die letzten Blätter, transparent wie Pergamentpapier. Ich wage es kaum, sie richtig in die Hände zu nehmen. Dennoch blättere ich weiter, stoße auf weitere Geburtsanzeigen, Testamente und Sterbeurkunden, die in der Zeit von 1890 bis 1935 erstellt wurden.

Drittes Kapitel

Sollen wir wirklich der Herkunft der Amulette auf den Grund gehen? Was werden wir erfahren? Eigentlich bin ich schon sehr neugierig, zugleich aber vorsichtig – wie stellen wir die Nachforschungen an? Sind die Papiere tatsächlich aus den Jahren achtzehnhundertsoundso? Wo kommen sie her, wer hat sie angefertigt und für wen, und wie kommen sie ausgerechnet in unsere Hände? Es sind Gedanken, die mich Tag und Nacht beschäftigen. Und nicht nur mich. Auch Mechthild wird aktiv. Sie bemüht sich, Kontakt mit ihrer Tante im Kloster Krummholz aufzunehmen.

Die Telefonnummer des Klosters findet Mechthild im Internet. Sie erreicht nur den Anrufbeantworter. Dort bittet sie um Rückruf von Tante Anna. Am Abend meldet sich eine gewisse Schwester Antonia. Mechthilds Ehemann kann zuerst mit der Anruferin nichts anfangen. Er ist verwirrt und überlässt kopfschüttelnd seiner Frau den Telefonhörer.

Mechthild übernimmt mit großen Augen und äußerst gespannt das Telefongespräch und zieht

25

sich in das kleine, gemütliche Stübchen hinter der Küche zurück. Dort kann sie ungestört reden.

Schwester Antonia alias Tante Anna spricht leise und bedacht.

»Es freut mich sehr, dass du nach so langen Jahren Kontakt zu mir suchst, mein Kind. Ist etwas mit deiner Mutter passiert?«

»Nein, nein, Mutti geht es den Umständen nach mehr oder weniger gut. Sie vergisst eben viel, auch alltägliche Dinge«, antwortet Mechthild. Das Gespräch zieht sich dahin, Schwester Antonia ist sehr neugierig, was die Familienbelange anbetrifft. Letztlich fragt sie jedoch nach dem tatsächlichen Grund der plötzlichen Kontaktaufnahme.

Mechthild ist sowohl von der Neugierde als auch von der warmen und sinnlichen Stimme ihrer Tante angetan. Sie wirkt trotz ihres Alters nicht senil. Ganz im Gegenteil. Hochinteressiert und konzentriert folgt sie Mechthilds Schilderung über den zufälligen gemeinsamen Anhänger. Sie wisse mehr über die Amulette und würde uns gerne sehen und alles erzählen. Letztlich möchte sie die Familiengeschichte weitergeben, wenn schon jemand endlich mal danach fragt.

Genau das wollte Mechthild.

Das Telefonat dauert fast zwei Stunden. Die Uhr steht kurz vor Mitternacht, trotzdem hat Mechthild das dringende Bedürfnis, uns, Christine und mir, die Neuigkeit zu erzählen. Nachts. Mich reißt sie aus meinen tiefsten Träumen. Ich hole nie mehr mein Handy mit ins Schlafzimmer, schwöre ich mir nach dem Anruf. Jetzt kann ich natürlich nicht mehr einschlafen und grübele nur noch über die Familie. Wen kenne ich, wie stehen wir zueinander? Das und noch vieles mehr geht mir durch den Kopf.

Christine ist eine Nachteule und deshalb auch noch kurz vor halb eins in der Nacht putzmunter und besser aufnahmefähig als ich. Dennoch vertagen wir das weitere Gespräch auf den nächsten Abend. Treffpunkt in Saarbrücken bei Mechthild.

Ich bringe meine Fundstücke, die alten Dokumente, und ein kleines, fünf mal zehn Zentimeter großes monochromes Foto mit. Es zeigt ein sehr altes Paar, das auf einer einfachen Bank vor einem riesigen Grabstein sitzt. Das Bild ist stark abgegriffen, vergilbt und weist kleine Fettflecken und Ähnliches auf. Leider keine Jahreszahl – nichts, auch die Schrift auf dem Stein ist nicht zu entziffern. Es lag in der blauen, ebenfalls abgenutzten und schäbigen Mappe, zusammen mit den Pergamentpapieren.

Wir haben keine Ahnung, wer die Personen sind und wo dieses Bild aufgenommen worden war. Es ist auf jeden Fall sehr, sehr alt. Der Mann hält einen Hut in der einen Hand, in der anderen einen Spazierstock. Beide, die Frau ebenfalls mit

Kopfbedeckung, wirken sehr andächtig. Das Foto wirkt gestellt und scheint von einem Fotografen gemacht worden zu sein. Es ist superscharf und auf dickem Fotokarton.

Christine hat den Vormittag genutzt, um im Internet nach einem Wellnesshotel in der Nähe von Krummholz zu suchen. Krummholz, ein Fünfhundert-Seelen-Dörfchen auf dem Hunsrück, liegt abseits von Beuren und ist nur über eine schmale Landstraße zu erreichen.

An dieser Straße gibt es ein Zwanzig-Betten-Erholungshotel mit fünf Sternen, Sauna, Fitnessraum und Schwimmbad. Größere Ansprüche stellen wir gar nicht.

Nun geht es darum, uns ein paar Tage freizuschaufeln, um dort in Krummholz die Tante zu treffen und uns gleichzeitig verwöhnen zu lassen.

Der Prosecco, den Mechthild aufgetischt hat, zeigt seine Wirkung und wir werden leicht übermütig und spinnen uns die wildesten Geschichten über Tante Anna beziehungsweise Schwester Antonia zusammen. Wie ist sie, warum lebt sie im Kloster und weiß sie wirklich mehr über die Amulette?

Das letzte Wochenende im Juli ist der Termin, der uns allen als optimal erscheint. Von Freitag bis Sonntagabend können unsere Männer auf uns verzichten.

Mechthild greift zum Telefonhörer, wählt die Nummer vom Kloster *St. Laurentius* und verlangt Schwester Antonia. Trotz der vorgeschrittenen Tageszeit meldet sich einige Sekunden später die Tante. Fröhlich und richtig aufgekratzt wirkt sie.

An dem Termin zum ersten Treffen hat sie nichts auszusetzen. Im Gegenteil, sie werde sich auch ein paar Tage Urlaub vom Kloster gönnen, so ihre Worte.

Was ist das denn, »Urlaub vom Kloster«? Wir, Christine, Mechthild und ich, verstehen den Sinn dieser Aussage noch nicht. Vier Wochen später schon.

Die Fahrt über die Autobahn ist flüssig, nur auf der Hunsrückhöhenstraße schleichen wir drei hinter einem Traktor her. Endlich kündigt die Dame im Navigationsgerät den Abzweig in drei Kilometern an. Christines Wagen ist zwar ideal für unsere vielen Gepäckstücke, aber nicht sehr bequem für lange Autofahrten. Eher der passende Partner für Hundebesitzer. Drei große Koffer nebst *Beauty Cases* passen schließlich nicht in einen schicken Sportwagen, den Mechthild gewöhnlich fährt.

Unser Ziel ist das Bio- und Wellnesshotel *Grüne Oase* im Naturpark. Dem Wegweiser und der weiblichen Ansage im Navi folgend erreichen wir das auf einer Anhöhe gelegene Hotel. Der

Kies knirscht unter den Reifen, als wir die Auffahrt in die Anlage hinauffahren. Das Gebäude in Hellgelb mit grünen Fenstern und Klappläden gleicht einem Landhaus. Es ist herrlich mit roten Geranien an den Balkonen geschmückt und von einem parkähnlichen Garten umgeben. Nur wenige Autos parken auf den extra ausgewiesenen Parkplätzen für Gäste und Besucher.

Viertes Kapitel

Es ist früher Nachmittag. Wir rollen mit unseren Koffern zur Rezeption. Eine äußerst freundliche Dame, ich schätze sie Mitte dreißig, in einem blütenweißen Jogginganzug aus edlem Nicki begrüßt uns mit einem Lächeln im vom Sonnenstudio gebräunten Gesicht. Die kastanienbraunen Haare sind zu einem Pferdeschwanz zusammengebunden und betonen ihr durchtrainiertes Aussehen.

»Ah, die Damen aus Saarbrücken«, sind ihre ersten Worte, »ich freue mich, Sie begrüßen zu dürfen. Wir erledigen rasch die Formalitäten, dann führe ich Sie durch unser Haus, zeige Ihnen Ihre Unterkunft und die Einrichtungen. Termine für das Wohlergehen machen wir im Anschluss.«

Gehorsam folgen wir der Aufforderung, uns auszuweisen, die Anmeldung zu unterschreiben und schon mal fünfhundert Euro per Kreditkarte zu hinterlegen. Alles soll seine Richtigkeit haben. Die ganze Prozedur dauert circa eine Stunde, Besichtigung und Zimmerbezug eingeschlossen.

Die Anlage ist fantastisch. Die Therme mit verschiedenen Saunen, Hallenschwimmbad, Beautykabinen und der Therapiebereich liegen separat im Park. Bei dem weiten Ausblick in die umliegende Natur ist Erholung vorprogrammiert. Zwei Ärzte im Haus und ein qualifiziertes Trainerteam widmen sich den individuellen Bedürfnissen der Gäste. Intensive Anwendungen mit Lehm, Licht, Luft und Wasser, zusammen mit viel Bewegung und einer gesunden biologischen Ernährung, sollen Körper und Geist stärken. Es gibt natürlich auch einen ausgewiesenen einhundertzwanzig Kilometer langen Radweg über Felder und durch Wälder sowie jede Menge Wandermöglichkeiten. Einen Achtzehn-Loch-Golfplatz gibt es in zwanzig Kilometern Entfernung. Das Benediktinerkloster *St. Laurentius* außerhalb von Krummholz kann man auch besuchen. Dort gibt es eine Buch- und Kunsthandlung und eine Hostienbäckerei zu besichtigen. Ferner eine Paramentenwerkstatt, die ausschließlich Textilien für Gottesdiensträume und Gewänder für Menschen im Gottesdienst anfertigt. Außerdem werden im Kloster noch Kurse für Besinnungstage und Zeiten der Einkehr angeboten. Am Ordensleben interessierte Frauen können im »Kloster auf Zeit« ihre Berufung prüfen. So lautet der Kommentar der Hotelangestellten. Ob wir dies wollten, fragte sie.

Jetzt erst einmal auspacken und auf dem gemütlich aussehenden Bett eine Weile die Beine ausstrecken. Wir haben drei Zimmer direkt nebeneinander. Die Räume sind in der ersten Etage, modern, relativ groß, sauber, mit Blick in den Garten und zum Wald in der Ferne. Ich gönne mir zehn Minuten Ruhe, dann höre ich, wie Christine und Mechthild sich auf dem Balkon unterhalten.

Gerade als ich mich mit Schwung aus der Horizontalen bewegen will, klingelt das Haustelefon auf dem Schreibtisch. Ich stürze hin. Es meldet sich die Rezeptionsdame von eben. Sie erkundigt sich nach meinem Wohlbefinden, fragt, ob alles in Ordnung sei, und teilt mir mit, dass wir drei im hauseigenen Café von Frau Schink erwartet werden.

Schock. Ich kenne außer meiner Mutter keine *Frau Schink*. Und meine Mutter ist seit vier Jahren verstorben. Ich selbst hieß mal zwar so, aber das ist über dreißig Jahre her.

Hat die Dame etwa doch mich gemeint?

Dann dämmert es mir. Schließlich sind wir Mädels ja in diesem Hotel, um das Geheimnis der Amulette zu lösen, und zwar mit Schwester Antonias Hilfe. Heißt die nicht auch *Schink*?

Ich betrete den Balkon, um den beiden Cousinen die Einladung ins Café zu überbringen. Die sind keineswegs über den Namen überrascht. Gemeinsam und voller Erwartung begeben wir uns erfrischt und sportlich bekleidet ins *Café Pause.*

Es ist Kaffeetrinkzeit im Hause.

Das schnuckelig eingerichtete Café ist bis auf wenige freie Plätze gut besucht. Fast alle Gäste tragen legere Sportkleidung und unterhalten sich in einem dezenten Geräuschpegel.

Wir sehen keine Nonne. Christine und ich kennen Schwester Antonia nicht. Mechthild hat ihre Tante seit Jahren nicht getroffen. Verloren stehen wir drei nun an der Kuchentheke. Was nun?

Wir kennen hier niemanden, und einfach mal fragen, ob jemand eine Nonne gesehen hat, ist uns zu peinlich.

»Mechthild, Christine und Jutta, da seid ihr ja.«

Wie auf Kommando drehen wir uns um. Die weibliche Stimme ist zart und leise und gehört zu einer Frau mit kurzen grauen Haaren und wasserblauen Augen im fliederfarbenen Jogginganzug.

»Ich bin's, Anna, oder besser gesagt Schwester Antonia. Die erwartet ihr ja wohl.«

Verdutzt und ungläubig ausschauend mustern wir die Dame.

Nonnen sehen anders aus – so mein Gedanke.

Keine von uns dreien wagt ein Wörtchen zu sprechen. Wozu auch? Wir kommen gar nicht zu Wort.

»Also«, legt sie los, »ich bin heute nicht als

Nonne hier, damit mich niemand erkennt und ich mal in Ruhe ganz privaten Angelegenheiten nachgehen und auch etwas für mich selbst machen kann. Ich lebe heute und auch sonst mein Leben so, wie es mir möglich und vor allen Dingen auch gestattet ist. Jetzt lasst uns einander erst einmal richtig begrüßen, Kinder.«

Alles Steife fällt sowohl von uns dreien als auch von »Schwester Antonia« ab. Wir liegen uns in den Armen und kleine Tränen der Freude laufen mir die Wangen runter. Wir setzen uns an einen inzwischen frei gewordenen Vierertisch in der Fensternische.

Meine Gedanken kreisen. Was ist mit dieser Nonne, was ist mit ihr los? Kann man sich das überhaupt erlauben, einfach die Kleider tauschen und schon ist man eine andere – in ihrer Stellung zur Kirche? Christines Blick trifft mich. Ich kenne sie so gut, dass ich genau weiß, dass auch sie grübelt.

Mir liegen viele Fragen auf der Zunge, um meine Neugierde stillen zu können. Doch mir fehlt der Mut, schließlich ist sie für mich eine wildfremde Frau.

Anna ist eine weise und aufgeschlossene Ordensfrau. Sie beobachtet uns und ergreift erneut das Wort.

»Mädels, nun trinken wir erst einmal einen starken Kaffee, futtern etwas von der leichten

Biokost und dann trinken wir Prosecco auf unsere gemeinsamen Tage.«

Gesagt, getan. Sie erzählt uns, dass sie schon immer mal hier einchecken wollte. Als Nonne sei das allerdings unmöglich. In dem Habit könne man sich nicht so frei bewegen, auch nicht schwimmen und schon gar nicht in die Sauna. Ich staune Bauklötze.

Schwester Antonia hat unter ihrem richtigen und weltlichen Namen *Anna Schink*, den niemand kennt, hier gebucht und ist über den Personaleingang ins Hotel gekommen. Auf der Toilette hat sie sich rasch umgezogen und ist als ganz normale ältere Dame zur Rezeption gegangen. In meinen Augen ist dieser Auftritt sehr mutig.

Die Zeit verstreicht. Wir sind inzwischen bei der dritten Flasche Prosecco. Alle Cafégäste außer uns vier sind gegangen und die Bedienung hinter der Theke wirft mir mit verdrehten Augen einen Blick zu.

»Ich glaube, wir müssen hier das Feld räumen. Die möchten das Café für heute schließen«, sind meine Worte. Christine schaut auf die Uhr. In der Tat, es ist inzwischen achtzehn Uhr vorbei. Jede von uns Mädels musste aus ihrem Leben erzählen. Was man macht, wie man lebt und so weiter, wie auf einem Klassentreffen – nur familiärer.

Wir beschließen unseren kleinen Rausch mit frischer Luft und einem kleinen Waldlauf zu bekämpfen. Wir, das sind Christine und ich. Anna und Mechthild ziehen es vor, sich langsamer zu bewegen. Ein Spaziergang durch den Park reicht den beiden, um den Kopf wieder freizubekommen.

Pünktlich um halb acht zum Abendessen wollen wir uns wieder treffen.

Fünftes Kapitel

Mit dem Gongschlag um neunzehn Uhr dreißig treffen wir uns wieder im hoteleigenen Restaurant. Wir haben uns etwas in Schale geschmissen, frisch frisiert und parfümiert. Anna trägt zu meiner Bewunderung eine leichte weiße Jerseyhose, keine Strümpfe in den halbhohen Sandaletten, dazu eine geblümte Bluse mit langen Ärmeln. Für ihre fünfundsiebzig Jahre sieht sie jung und gepflegt aus. Nicht trocken und vergilbt, wie man sich eine Ordensfrau vorstellen kann. Sie wirkt keineswegs kühl und verhärmt.

Es gelingt uns wieder, an einem Vierertisch Platz zu finden. Diesmal jedoch mitten im Restaurant, sodass wir vielleicht die Aufmerksamkeit anderer Gäste erwecken. Ich bemerke ein leichtes Unbehagen bei Anna. Leise spreche ich sie an.

»Was ist? Du schaust so unter dich. Ist hier jemand, der dich erkennen könnte?«

»Ja. Dort am Fenster sitzt Frau Schuller, die den Kindergarten in Krummholz leitet. Können wir die Plätze unauffällig tauschen, dann sitze ich mit dem Rücken zu ihr und sie sieht nicht mein

Gesicht und mein Profil.«

Beste Gelegenheit zum Tausch der Sitzplätze bietet sich bei der Rückkehr vom Buffet. Wir haben alle vier einen bunt gemischten Salatteller vor uns, dazu Mineralwasser aus der Quelle des Klosters Krummholz.

Mit leisen Worten nehmen wir die Unterhaltung wieder auf. Mechthild erklärt ihrer Tante unser Anliegen.

»Ich habe mich gefreut, als du bereits am Telefon erste Andeutungen gemacht hast. Endlich interessiert sich jemand aus der Familie für unser aller Vorfahren. Ich habe auch solch ein Amulett.«

Etwas ungeschickt zieht sie aus dem Ausschnitt ihrer Bluse eine lange Goldkette. Ein kleines goldenes Kreuz samt rundem Medaillon kommt zum Vorschein. Christine, Mechthild und ich sind höchst erstaunt. Bedächtig legt Anna ihren Schmuck auf den Tisch. Es ist der gleiche Löwe auf der Vorderseite, den auch wir haben. Auf der Rückseite steht jedoch keine Jahreszahl wie bei uns.

»Wann bist du geboren?«, fragt Christine, die als Erste die Sprache wiederfindet. »Wieso ist da keine Zahl auf der Rückseite?«

Meine anschließende Frage: »Kannst du uns erzählen, was es mit unseren Anhänger genauer auf sich hat? Ich wusste nicht, dass du auch im Besitz von solch einem Amulett bist.«

»Ja, das kann ich sehr wohl, aber dies ist eine sehr, sehr lange Geschichte, die uns weit in die Vergangenheit zurückführen wird. Ich weiß nicht recht. Soll ich euch wirklich alle damit verbundenen Familiengeheimnisse erzählen? Das kann Stunden dauern. Aber wir haben ja ganze drei Tage und somit einige Märchenstunden vor uns.«

Wir nicken wie kleine Kinder. Das war es ja, was wir wissen wollten. Welche Geheimnisse umgeben uns?

Unsere Salatteller sind inzwischen geleert. Auch einige Gäste haben bereits das Restaurant verlassen. Wir beschließen draußen auf der Terrasse weiterzureden. Dort lassen wir uns auf anmutigen Korbsesseln etwas abseits nieder. Der kleine Tisch ist mit einer Nelke und einem Windlicht hübsch dekoriert. Es ist gemütlich und wir können unbeobachtet bei Fruchtsaft und weiterem Prosecco tuscheln.

Große Fragezeichen scheinen Mechthild, Christine und mir im Gesicht zu stehen.

Anna faltet mit Andacht ihre Hände, holt leise tief Luft und beginnt mit festem Blick in die Flamme der Kerze zu erzählen.

Sechstes Kapitel

»Ihr wolltet vorhin wissen, wann ich geboren wurde. Im Mai 1939. Also, das Löwe-Medaillon ist nicht mein Talisman, sondern …« Anna stockt, schaut uns der Reihe nach mit ihren tiefblauen Augen an. »Ich habe noch mit niemandem darüber gesprochen. Es ist mein tiefstes Geheimnis und auch der Grund, warum ich im Kloster lebe.«

Unsere Münder und Augen öffnen sich weit, zu weit.

»Ich bin 1962 ins Kloster gegangen. Nicht aus Überzeugung. Sondern aus einer Notlage heraus. Zuvor musste ich erst noch zum Katholizismus konvertieren. Unsere Vorfahren waren alle evangelisch getauft.«

Wir nicken selbstgefällig. Das stimmt, mein Vater war evangelisch, meine Mutter katholisch, sie waren katholisch getraut, ich gehöre auch dieser Religion an. Das Gleiche, nur umgekehrt, also Mutter evangelisch, Vater katholisch, katholisch getraut, katholisch getauft, ist es bei Christine und Mechthild.

»Ihr fragt euch jetzt sicher, wieso? Das Kloster hätte mich sonst nicht aufgenommen und ich hätte auf der Straße gesessen.«

Pause.

»Meine Eltern sind 1944 bei dem Luftangriff auf Saarbrücken umgekommen. Das erzähle ich euch später, wenn ihr wollt. Großgezogen haben mich Onkel Karl und Tante Elly, gemeinsam mit meiner Schwester Sofie – deiner Mutter, Mechthild. Karl und Elly haben uns mit ihren leiblichen Kindern Paul und Helga eine gute Erziehung geboten. Wir hatten schöne Jahre, trotz Nachkriegszeit und anfänglichem großen Verzicht. Mir fehlte es an nichts, nur die Eltern vermisste ich so sehr. Ich war erst fünf Jahre alt, als ich sie verlor. Ich machte meinen Hauptschulabschluss, eine Ausbildung zur Buchhändlerin, war zu einer ganz normalen jungen Frau herangewachsen und verliebt.«

»Karl ist offensichtlich der Großvater von Christine und mir«, schlussfolgere ich.

»Karl Schink ist 1904 geboren, seine Frau Elly Horn 1907. Sie hatten eigentlich vier Kinder. Otto, Paul, Rosa und Helga. Paul ist dein Vater, Jutta. Und Helga, die jüngste Schwester, ist Christines Mutter«, erzählt Anna.

Ich funke dazwischen: »Nenn mich bitte *Jula*.«

»Ach, magst du den Namen nicht?«, fragt Tante Anna.

»Ich finde *Jutta* zu alltäglich. In der Schule nannte mich mein Kunstlehrer gerne *Schutta Jink*. Das hat mir gefallen. Nur, die gibt es heute nicht mehr. Aber wenn man die beiden Anfangsbuchstaben meines vollen Namens nimmt, J-U von *Jutta* und L-A von *Langhirt*, hat der Name Klang und ist einzigartig. Findet ihr nicht?«

»Auf Jula«, prosten mir die drei mit Prosecco zu. Berührt wische ich mir ein Tränchen ab.

»Ich habe noch nie etwas von Rosa und Otto gehört«, bemerkt Christine. »Wie kommt das und wie sind wir nun wirklich verwandt?«

Anna nimmt einen großen Schluck Mineralwasser, räuspert sich und wischt sich verlegen eine Träne von der Wange.

»Frieda Schommer und Paul Schink waren Sofies und meine Eltern.«

Pause.

»Mein Vater Paul kann nicht dein Vater sein«, poltere ich etwas ungeschickt los, »das geht doch vom Alter her gar nicht.«

»Stimmt, es gibt in der Schink'schen Linie zurückverfolgend bis 1832 vier Pauls. Mein Vater hieß Paul Robert und war 1900 geboren worden. Er ist der Bruder von Christines und Juttas Großvater Karl. Ich weiß, das ist kompliziert mit den Namen, aber das Spiel mit den Namenswiederholungen gab es zu dieser Zeit oft. Auch meinen Namen, *Anna*, gab es vor Jahrzehnten schon einmal in dieser Familie.«

Anna redet sich in Fahrt. Sie steht auf, entschuldigt sich und geht zu den Toiletten ins Haus.

Wir drei nehmen die Gelegenheit wahr, um zu tuscheln. Wer waren noch mal Paul, Karl, Otto, Rosa und Elly? Wir bekommen es nicht zusammen. Ich bin dafür, dass wir eine kleine Ahnentafel aufmalen, um die Zugehörigkeit zu verstehen.

»Lenkt Anna nicht von ihrer eigenen Geschichte ab? Sie wollte etwas erzählen, so kam es mir vor, das sie offensichtlich sehr beschäftigt. Habt ihr die Träne bemerkt? Der Tod der Eltern kann es eigentlich nicht sein, das ist zu lange her«, sagt Mechthild.

»Haben wir noch Zeit? Seid ihr müde?« Anna ist zurück.

»Nein, im Gegenteil, du hast uns auf die Folter gespannt seit dem Beginn der Erzählung aus deinem Leben«, sagt Mechthild.

In der Tat, es geht auf zweiundzwanzig Uhr zu.

Anna holt zum x-ten mal tief Luft und setzt an: »Wo waren wir stehen geblieben?«

»Bei den Namenswiederholungen. Aber können wir das vielleicht morgen mit Hilfe einer Ahnentafel besser erklären?«

»Erzähl uns lieber von dir. Du warst ja auch mal jung – und hübsch.«

»Ja. Und sehr verliebt ... *Lutz* hieß er. Das war 1961.«

»Jääh, da bin ich geboren worden.«

»Klappe, Jula, lenk doch nicht ab.«

»Wir wollten heiraten. Es war für uns beide die erste große Liebe und wir hatten das Gefühl, füreinander bestimmt zu sein. Er war fünf Jahre älter als ich, war Bergmann von Beruf und hatte die dunkelsten braunen Augen, die ich je gesehen hatte.« Dezent wischt sich Anna wieder eine Träne weg.

»Braune Augen, braune kurze Haare und eine sportlich schlanke, hochgewachsene Figur. Sein Vater war auch Bergmann wie sein älterer Bruder. Seine Eltern hatten unserer Verbindung wohlwollend zugestimmt. Es gab keine Unstimmigkeit in der Religion. Wir waren beide evangelisch. Das Aufgebot stellten wir am zwanzigsten November 1961 in Daalen. Der Hochzeitstermin war für Freitag, den dreiundzwanzigsten Februar 1962 anberaumt. Weihnachten stellte ich fest, dass ich schwanger war. Wir, Lutz und ich, waren uns einig, vorerst die Schwangerschaft geheim zu halten. Wir wollten kein Gerede. Doch es kam alles ganz anders. Könnt ihr euch an euren Heimatunterricht in der Schule erinnern? Was am siebten Februar 1962 passiert war?«

Eine Antwort wartet Anna gar nicht erst ab. Sie will nicht unser geschichtliches Wissen testen, sondern sich selbst etwas ablenken.

»Es ist der schwarze Mittwoch.« Pause. Viele

Tränen finden den Weg nach unten über Annas Wangen. Sie vergräbt ihr Gesicht in den Händen und schluchzt: »Es ist der schwarze Tag für den Bergbau.«

Der siebte Februar 1962 begann trist und trübe mit Nieselregen. Gegen sieben Uhr fünfundvierzig am Alsbachschacht, einem der vier Seilfahrtschächte der Grube Luisenthal: ein dumpfer Knall, der in Saarbrücken und Altenkessel zu hören war. Unter der Wucht einer Detonation unter Tage flog der Schachtdeckel hoch und blieb im Gerüst hängen. Eine schwarze Rauchwolke trat aus dem Schacht und hing über dem Förderturm. Entsetzen bei der Bevölkerung. Schlimme Vermutungen wurden angestellt und gleich darauf bestätigt: Im Alsbachfeld der Grube Luisenthal war es auf Sohle vier zu einer Schlagwetterexplosion gekommen. Die Hauptrettungsstelle in Friedrichsthal und die Grubenwehr Luisenthal wurden sofort alarmiert. Die Rettungsarbeiten liefen schon wenige Minuten nach dem Knall an. Bald beherrschte der Lärm von Sirenen, Krankenwagen, Hubschraubern und Martinshörnern das gesamte Gebiet um Luisenthal. Längs der Auffahrt zur Grube und am Zechentor sammelte sich eine Menschenmenge. Vor allem Angehörige der Bergleute, die an diesem Morgen auf Grube Luisenthal zur Schicht eingefahren waren. Ich fand mich mit Greta, der Mutter von Lutz und

Hans, auch dort ein. Der Vater der beiden Brüder lag mit einer Blinddarmentzündung im Krankenhaus.

Die Zahlen sagten, dass sechshundertvierundsechzig Bergleute unter Tage waren. Davon vierhundertdreiunddreißig im Bereich der Explosion.

Die Zahlen werde ich nie vergessen. Bis zum Mittag waren dreiundsiebzig Bergleute lebend geborgen worden. Zum Teil mit schwersten Verletzungen. Nur einundsechzig Kumpel kamen unverletzt ans Tageslicht. Schon kurz nach Mittag hieß es: keine Überlebenden mehr. Nun war das Ausmaß der Katastrophe erkennbar. Zweihundertsiebenundachtzig Männer hatten in sechshundert Meter Tiefe ihr Leben lassen müssen. Am anderen Tag gab es die ersten Namenslisten der Toten. Traurige Gewissheit brachte mir das. Mein geliebter Lutz und sein Bruder standen auch auf der Liste. Sie wurden im Rohbau der neuen Waschkaue aufgebahrt. Für mich ist die Welt zusammengebrochen.

Die Ursachen der Katastrophe wurden nie vollständig geklärt. Es steht fest: Grubengas verband sich mit der Luft zu einem explosiven Gemisch, das ein einziger Funke zu entzünden vermochte. Die Gasexplosion wiederum entzündete Kohlenstaub. Aber wo kam der Funke her? Ein Kurzschluss? Es ist nicht mehr zu klären. 1964 wurden Sicherheitsmängel zur Sprache gebracht.

Fehler im System der Steinstaubsperren und Überbelegung der Wetterabteilung.

Ohne Bräutigam wurde die Hochzeit abgesagt, stattdessen richteten Lutz' Eltern die Beerdigung ihrer beiden Söhne aus. Am 28. Februar nahm ich endgültig von ihm und der gesamten Familie Schneider Abschied. Die Schwangerschaft hatte ich weiterhin verschwiegen. Nun suchte ich nach einem Ausweg aus dieser misslichen Lage. Ich vertraute mich der Benediktinernonne Schwester Lucia an, die ich durch meine Arbeit in der Bücherei schätzen gelernt hatte. Sie spendete mir Trost und gab mir die Empfehlung, ins Kloster zu gehen. Dort würde man mich ohne große Fragen aufnehmen, wenn ich eine Mitgift bringen würde.

Ich überlegte mir diesen Schritt gut, das müsst ihr mir glauben.

Ohne allzu großen Aufwand konvertierte ich im April zum katholischen Glauben. Am fünften Mai trat ich unter Freigabe meiner Ersparnisse, die eigentlich für einen gemeinsamen Lebensweg mit Lutz gedacht waren, den Weg ins Kloster *St. Laurentius* in Krummholz an.«

Puhh … Das sitzt tief. Mechthild, Christine und mir stehen nun auch die Tränen in den Augen. Womit hat man so etwas verdient?, sind meine Gedanken. Aussprechen kann ich sie nicht. Mir geht vieles durch den Kopf, bezogen auf die

Kirche und vermeintliche Hilfe.

Der Zeiger meiner Armbanduhr rückt auf halb zwölf. Dennoch bin ich nicht müde. Nein, im Gegenteil, richtig aufgedreht und bewegt bin ich.

»Noch ein Viertelstündchen, dann ziehen wir uns zurück«, sagt Anna. »Am 19. August 1962 gebar ich einen strammen Jungen im Kloster. Die Äbtissin Juliana verstand es, mich, Schwester Antonia, von der Außenwelt abzuschirmen, und bot mir die Möglichkeit eines Neuanfangs. *Lutz II* nannte ich ihn, nach seinem Vater, still und für mich ganz allein. Er wurde gleich nach der Geburt zur Adoption freigegeben. Ich musste versprechen, niemals Nachforschungen zum Verbleib meines Kindes anzustellen. Das tat ich auch, schließlich habe ich Gottvertrauen und lebe nach der Bibel. Doch das Schicksal meinte es ausnahmsweise mal gut mit mir. Fünfunddreißig Jahre später sah ich zum zweiten Mal in meinem Leben mein eigen Fleisch und Blut. Aber diese Geschichte erzähle ich euch morgen. Wenn ihr wollt.«

Klar wollen wir, müssen aber das Erzählte erst mal verdauen und eine Nacht drüber schlafen.

Siebtes Kapitel

Um sieben Uhr zehn holt der Radiowecker mich mit zarter Musik aus dem Schlaf. Ich habe extra zehn Minuten nach der vollen Stunde gewählt, damit ich nicht mit Nachrichten und einer harten Stimme unfreundlich geweckt werde. Mir wäre der ganze Tag verdorben.

Rasch springe ich unter die Dusche und mache mich fertig fürs Frühstück um kurz vor acht. In legerer Kleidung treffen wir vier uns am gleichen Tisch wie am Abend zuvor.

Allgemeine Begrüßungsfloskeln.

»Hattet ihr eine gute Nacht?«

»Ich glaube nicht. Wir waren doch ehrlich zugegeben alle sehr aufgewühlt. Oder?«, frage ich in die Runde. Stummes Kopfnicken von allen Seiten.

»Was machen wir heute?«

»Wellness, was sonst. Deswegen sind wir ja hier und nebenbei möchten wir unser Rätsel lösen.«

»Richtig, fangen wir mit dem Wohlfühlprogramm an. Wer geht mit mir in die Sauna?«, fragt Christine.

Anna und Mechthild haben sich für halb zehn zum Yoga angemeldet. Christine und ich ziehen das Schwitzen vor und gehen in die Sauna im Park. Zum Mittagessen um halb eins wollen wir uns wieder treffen.

Das Gespräch beim Frühstück führt Anna an. Dieses Mal ist sie es, die uns drei Mädels richtig neugierig ausfragt. Wir erzählen von unseren Männern, Kindern und Lebensgewohnheiten. Anna nickt nur wohlwollend und lässt uns reden, bis wir zu unseren Terminen aufbrechen müssen.

Die Sauna ist nicht stark besucht. Wir finden nebeneinander Platz und haben somit Gelegenheit zu tuscheln. Christine und ich sind sehr oft auf dem gleichen Gedankengang. Schon immer. Uns interessiert das Schicksal von Anna am meisten. Ebenso die Frage nach unserer Herkunft. Offensichtlich weiß sie sehr viel über die Schinks. Zumindest hat sie so etwas angedeutet.

Nach den beiden Saunagängen nebst Ruhephasen kommen wir mit einer halben Stunde Verspätung zum Mittagessen. Mechthild und Anna haben geduldig bei einem Smoothie auf uns gewartet. Sie scheinen sich angeregt unterhalten zu haben, bevor sie uns beide wahrnehmen. Dieses Mal wird am Tisch serviert. Flinke Bedienung präsentiert uns ein Ochsenschwanzsüppchen, anschließend eine riesige »Schlachtplatte« Gemüse mit Kräutersoße für vier Personen.

»Geht es euch gut?«, ist Christines erste Frage, und ohne eine Antwort von uns abzuwarten, schließt sie hinterher: »Tante Anna, jetzt erzählst du uns aber endlich etwas über Lutz, deinen Sohn, bevor wir drei«, sie schaut Mechthild und mich an, »vor Neugierde platzen.«

Wie bereits gestern räuspert sich Anna. Dies tut sie immer, wenn sie aufgeregt ist. Eine Angewohnheit, die auffallend ist.

»Also Lutz, mein Sohn, kam am neunzehnten August 1962 hier im Kloster *St. Laurentius* zur Welt. Es war eine einfache Geburt ohne viele Qualen. Ich hatte Lutz nur wenige Minuten im Arm, dann wurde er mir abgenommen und ich habe ihn nie mehr gesehen. Schwester Juliana hatte die Adoption rechtzeitig in die Wege geleitet. Ich hatte geschworen, keine Fragen zu stellen und Nachforschungen zu unterlassen. Ich hielt mich an die Abmachung, auch heute noch … wenn da nicht dieser Mönch fünfunddreißig Jahre später aufgetaucht wäre. Hochgewachsen, stattliche Figur, dunkelbraune Augen und dunkles, kurzes Haar unter seiner Kutte. Er hatte sich als *Bruder Ingobert Schwartz* bei der Anmeldung vorgestellt. Sein Anliegen sei, die Bücherei unseres Klosters zu besichtigen. Schwester Angela, die damalige Priorin, war erstaunt, bot ihm aber die Möglichkeit einer geführten Präsentation. Ich, als unsere Fachfrau, übernahm diese Aufgabe.

Die Bücherei war wenig besucht an diesem Tag und wir konnten über Religion und unsere Aufgaben im Dienst Gottes plaudern. Bis Bruder Ingobert ganz leise zu mir sagte: ›Endlich hab ich Gelegenheit, dich kennenzulernen. Ich bin dein Sohn, den du bei der Geburt hergegeben hast.‹

Ich hatte mich also beim ersten Blickkontakt nicht getäuscht. Die Ähnlichkeit mit seinem Vater war verblüffend. Auch die Stimme, trotz der leisen Worte, versetzte mich in eine Art Starre. ›Lass uns in Ruhe und ungestört reden.‹ Wir verabredeten uns für den kommenden Tag auf dem Friedhof. Dieser Platz ist unverfänglich für eine Nonne und einen Geistlichen. Pünktlich um fünfzehn Uhr trafen wir uns vor der kleinen Kapelle. Zarten Schrittes bewegten wir uns etwas abseits, bis wir uns auf einer abseits gelegenen Bank niederließen.

›Wie hast du mich gefunden, wieso bist du ein Bruder des Benediktiner-Ordens, was machst du, wie ist es dir die ganze Zeit gegangen?‹, sind die ersten Worte, die ich an Bruder Ingobert alias Lutz stelle.

›Nun, ich bin ja hier im Kloster geboren worden. Das steht als Geburtsort in meinen Papieren, genau wie das Datum. Ich wurde als Säugling von ganz lieben Leuten namens *Schwartz*, mit *tz*, adoptiert. Sie nannten mich *Ingolf*. Alles war bestens. Ich genoss eine gute Erziehung, erlernte nach meinem Abitur den Beruf des Gärtners und machte einige Jahre später meinen Meister. Nebenbei interessierte ich mich für den Katholizismus. Ich nahm die Gelegenheit wahr und studierte dann noch Theologie. Es war meine Berufung. Nun wollte ich als Mönch ins Kloster gehen – sehr zum Entsetzen meiner Eltern. Die glaubten fest an mich; ich sollte irgendwann einmal ihre Landgärtnerei am Bodensee übernehmen. Doch ich wollte weder die Selbstständigkeit noch das Idyll einer Familie mit Frau und Kindern. So habe ich mich 1992 entschieden, in der Abtei Altberg bei Heidelberg vorzusprechen. Die haben mich gerne als *Bruder Ingobert, der Gärtnermeister* aufgenommen. Dort bin ich nun zu Hause und ehrlich gesagt sehr glücklich und zufrieden. Ich leite den Gartenbaubetrieb des Klosters, der sich mit der weltgrößten Efeusammlung der Welt befasst. Das ist sehr interessant und fordert mich, in der einen oder anderen Züchtung tätig zu sein.‹

›Hast du jemals nach deiner Herkunft gefragt?‹

›Klar, ich habe Inge und Helmut, meine Adoptiveltern, mit Fragen gelöchert. Leider aber nur verhaltene Antworten erhalten. Wie bereits erwähnt, mein Geburtsort ist Krummholz, Mutter und Vater angeblich unbekannt. Ich ließ nicht locker, sondern stellte Nachforschungen an. Durch meine Arbeit als Gärtner und kleiner Verwalter von klösterlichen Urkunden habe ich Gelegenheit, in alte Kirchenbücher Einblick zu nehmen. So habe ich mir auch an oberster Stelle in Trier Geburtsakten vom August 1962 kommen lassen. Dort bin ich fündig geworden und auf den Namen *Anna Schink* gestoßen. Du siehst, es bleibt nichts verborgen. Und nun stehe ich hier und möchte von dir wissen, wer ich bin.‹«

An Mechthild, Christine und mich gerichtet erzählt Antonia: »Ich habe meinem Sohn dann das Gleiche erzählt, das ich euch bereits gestern schon gebeichtet habe. Von seinem Vater, von dem Grubenunglück, der besten Lösung für uns und so weiter. Ich wollte Ingolf, das ist sein Adoptivname, mein letztes Familienerbstück geben. Das Amulett mit dem Löwen, welches ich euch gestern gezeigt habe.«

»Der Talisman, der nicht zu dir passt?«

»Ja, er passt zu Lutz – Ingobert beziehungsweise Ingolf. Er ist auch im August geboren. Dies ist meine Erinnerung an ihn. Das Amulett wollte er nicht, obwohl ich es ihm angeboten habe. Wir haben uns stundenlang unsere Lebensgeschichten erzählt. Am Tag darauf führten wir am gleichen Ort zur gleichen Zeit das Mutter-Sohn-Gespräch fort. Es tat uns beiden sehr gut. Heute haben wir immer noch regelmäßig geheimen Kontakt.«

»Aber wo kommt das Amulett wirklich her? Es sieht doch auf der Vorderseite genauso aus wie unsere drei«, stellt Christine vorsichtig die Frage aller Fragen. Schließlich ist dies unser Anliegen und der Grund, warum wir uns hier treffen.

Mit gewohnter leiser Stimme antwortet Tante Anna nun: »Das sind alte Erbstücke, die wir, meine Schwester Sofie und ich, zusammen mit noch einigen Sternzeichenanhängern, Ringen, Uhren und Ketten von Karl ausgehändigt bekamen. Sie lagen in einer Schatulle. Obenauf befanden sich Familiendokumente. Eure Löwen sind Taufgeschenke von mir an euch. Sie alle erzählen eine gemeinsame Geschichte.«

»Es gibt also noch mehr Schmuck? Wo sind die Teile heute?«

»Tja, Mechthild, da bist *du* gefragt.«

»Wieso ich?«

»Onkel Karl war es auch, der sowohl um die Herkunft des Schmuckes als auch um die Dokumente ein Geheimnis machte. Das Schmuckkästchen hat heute Sofie. Ich darf doch als Nonne keinen eigenen Besitz haben.«

»Das heißt, bei uns zu Hause ist das Kästchen?«, fragt Mechthild ganz vorsichtig in die Runde.

»Wieso habt ihr die Schatulle und nicht meine Mutter oder Julas Vater? Die beiden sind doch seine leiblichen Kinder, wenn ich den Verwandtschaftsgrad jetzt richtig verstehe?«, fragt Christine.

»Das fragten wir 1945 nicht. Helga war zu

diesem Zeitpunkt noch gar nicht geboren.«

»Ja, das stimmt. Aber warum 1945, das war nach Kriegsende … Oder liege ich da falsch?«, will Christine wissen.

Wieder werden wir gebeten, die Tafel zu räumen. Die Mittagessenszeit ist im Flug vorbeigegangen. Wir beschließen, uns eine kurze Verschnaufpause zu gönnen. Anschließend noch die bereits gebuchte Hot-Stone-Massage über uns ergehen zu lassen, um uns dann, wenn alles glattgeht, gegen halb fünf wieder auf der Terrasse zu treffen.

Vor unseren Zimmertüren angekommen, bittet mich Christine, ihr noch das versprochene Buch zu bringen. Zuerst stehe ich mit beiden Füßen auf dem Schlauch. Buch bringen? Welches Buch? Bis dann der Groschen fällt. Sie möchte mich allein in ihrem Zimmer sprechen.

»Was ist die Tante Anna doch für eine merkwürdige Person, findest du nicht auch?«, überfällt Christine mich. »Die verbirgt einerseits so viele Geheimnisse, andererseits will sie alles in sich Hineingefressene loswerden. Klingt wie eine Beichte, findest du nicht auch?«

Ich nicke.

»Auch diesen Lutz würde ich mal gerne kennenlernen. Schließlich ist er ja Mechthilds Cousin und unser Großcousin.«

»Und wo ist dieser Familienschmuck geblieben? Wenn er tatsächlich bei Mechthild versteckt ist, dann soll sie ihn, sobald wir hier abgerückt sind, suchen. Wie alt der Schmuck ist, müssen wir unbedingt in Erfahrung bringen. Vor allen Dingen: wo kommt er überhaupt her?«

»Blickst du noch durch mit den ganzen Namen?«

»Nee, deshalb bin ich dafür, dass Anna uns ein Tafelbild erstellt. Ich liebe Tafelbilder. In der Unterprima hatte ich eine Lehrerin für Deutsch und Geschichte, die uns Schülern alle geschichtlichen Zusammenhänge auf diese Weise erklärte. Erst hatte ich nur Bahnhof verstanden, aber mit der Zeit verstand ich den Sinn dieser Methode. Heute noch erstelle ich mir die Bilder, um die Abhängigkeiten und Rückschlüsse aus der Grafik zu veranschaulichen. Im Prinzip ist es ganz leicht.«

Die Massagen tun uns gut. Es ist ein wahres Verwöhnprogramm, das wir uns nicht allzu oft gönnen. Heute muss es aber sein.

Abschalten kann ich trotz allen sinnlichen Wohltaten nicht. In mir brennen zu viele Fragen in Bezug auf den Familienschmuck und welche Geschichten dahinterstecken.

Wir treffen uns auf der Terrasse zu einer Tasse Kaffee wieder. Als wenn wir uns abgesprochen hätten, erscheinen wir alle vier in unseren Jogginganzügen, die Haare frisch onduliert und mit wohlriechender Haut.

Anna trägt eine Sonnenbrille. Sie möchte auf keinen Fall erkannt werden, gibt sie zu verstehen. Auch nimmt sie wieder mit dem Rücken zu den anderen Gästen Platz, mit Blick in den Park.

Sie zieht aus der Jackentasche ein Blatt Papier.

»Hier ist eine kleine Skizze. Ich habe versucht, die Verwandtschaftsverhältnisse so einfach wie möglich darzustellen, und sie wohlwissend von zu Hause mitgebracht. Ich ahnte, dass ihr danach fragen werdet.«

Es ist eine sehr schlechte Kopie einer handschriftlichen Grafik mit Kreisen und Pfeilen, Namen und Jahreszahlen. Christine, Mechthild und ich sind erst einmal erstaunt und zugleich irritiert.

»Wann hast du das angefertigt?«, will Mechthild wissen.

»1988. Auch ich habe bezüglich meiner Herkunft Recherchen angestellt. In den Kirchenblättern sind alle Daten vermerkt und ich kann als Bibliothekarin im Kloster schnell und unbegründet Einblick bekommen. So habe ich in mühsamer Forschungsarbeit unsere Ahnentafel bis achtzehnhundertsoundso zurückverfolgen können.«

»Lass mal sehen«, ich ziehe das Papier zu mir heran. »Die Namen *Hilde Rosch*, *Maria Prinz* und *Paul Schink* stehen auf den Schriftstücken, die ich habe. Das sind dann, lasst mich rechnen, meine Urur- und dreimal Urgroßeltern. Toll. Aber wer

sind die anderen alle und warum sind die alle«
– ich tippe auf die Rita, Rosa und Anna – »1876
gestorben, die anderen zusammen 1944? Wobei
Rita, Rosa und Anna auch in meinen Urkunden
erwähnt sind.«

Achtes Kapitel

Anna erzählt:

»Es gibt Ereignisse, die kann man einfach nicht vergessen, mag auch noch so viel Zeit darüber hinweggehen. Ein solcher Tag war und ist es für alle Saarbrücker, die damals in jener Nacht in der Stadt weilten.

Fünfter Oktober 1944. Zweiundzwanzig Uhr zwanzig. Es ist die Nacht, in der Saarbrücken im Feuersturm unterging. Bis dahin war es noch eine leidlich intakte und funktionierende Stadt.

Zunächst war dieser fünfte Oktober ein Tag wie jeder andere im frühen Herbst des fünften Kriegsjahres. Ich war fünf Jahre alt, Sofie dreizehn. Wir wohnten in einem umgebauten Bauernhaus in der Heusweilerstraße. Die Tischlerei unseres Onkels Karl und unseres Vaters war in den ehemaligen Schweineställen. Papa half seinem Bruder, wenn er Freischichten hatte. Sein Hauptberuf war Lokomotivführer. Wir lebten alle zusammen: Sofie und ich, unsere Eltern, Tante Elly – die Frau von Onkel Karl – und deren Söhne Otto und Paul.

Rosa, die erste Tochter von Elly und Paul, ist 1938 durch plötzlichen Kindstod verstorben. Es war ein liebevolles Zuhause. Wir fühlten uns sehr wohl dort. Meine Familie bewohnte den vorderen Teil des riesigen Hauses, die von Onkel Karl den hinteren. Im Hof, der den Übergang vom Haus zur Schreinerei bot, spielten wir gerne zusammen mit den vielen Nachbarskindern. Wenn der Bäcker auf dem Pferdefuhrwerk über das derbe Kopfsteinpflaster anrollte und bimmelte, sausten wir sofort herbei. Dann durften wir von dem frisch erworbenen Weißbrot ein ganz großes Stück abbekommen. Ja, uns ging es gut. Manchmal durfte ich auch, als Begleitkind meines Vaters, mit dem Bus nach Forbach zum Kundenbesuch fahren. Bis zur Rückfahrt reichte es meist noch zu einem Cafébesuch, bei dem ich ein *Eclair* bekam – die französische Spezialität, die ich heute noch gerne esse.

Saarbrücken trug in manchen Stadtvierteln schon deutliche Spuren des Luftkriegs. Die nach dem ersten großen Bombardement vom Juni 1942 weitgehend verschonte Stadt hatte zwischenzeitlich elf Luftangriffe unterschiedlichen Ausmaßes erlebt. Die Menschen gingen ihrer täglichen Arbeit nach, sorgten für bescheidene Mahlzeiten. Es war die Zeit, da Firmen, auch wir als Tischlerei, und Behörden tageweise schanzen gingen. Rings um die Stadt auf den Höhen von

Spichern und auf den Saarwiesen wurden Feldstellungen und Panzergräben ausgehoben. Nach Arbeitsende füllte sich die Innenstadt mit Leuten, die Spaten und Hacke in den Händen hielten. Dann und wann heulte am Tag eine Luftschutzsirene auf, die die Ankunft von »Jabos« ankündigten, Tiefflieger, vor denen man sich in Sicherheit bringen musste. Sie kamen überraschend. Alles wurde angegriffen. Eisenbahnzüge, Fahrzeuge und Menschen waren ihre Ziele.

So auch an diesem schwarzen Tag. Erst gab es Voralarm. Schon fünf Minuten später verkündete das ununterbrochene auf- und abschwellende Geheul der Sirenen auf den Dächern den eigentlichen Fliegeralarm. Alle waren am Hasten und in Eile, um in den nächsten Bunker oder Stollen zu gelangen. Jeder trug seine Habseligkeiten im Rucksack auf dem Rücken und in Koffern. Papa, der ältere der beiden Brüder, mahnte immer: ›Vergiss den braunen kleinen Aktenkoffer nicht, dort steckt die Familie drin.‹ Als Kind habe ich diesen Ausspruch nicht verstanden. Eine Großfamilie passte doch nicht in einen Minikoffer! Später begriff ich, was er damit meinte.

Die Nähe der Front ließ so gut wie keinen zeitlichen Spielraum mehr. Wenn die Sirenen ertönten, hörte man oft schon gleich das Motorengeräusch in der Luft. Mitunter waren die Flieger schneller als die Warnung. An diesem Abend galt es auch keine Zeit zu verlieren. Keine Viertelstunde nach der ersten Sirene kamen die Motorengeräusche und der Anblick von »Christbäumen« wurde uns geboten. Das waren Leuchtbomben, die die Abwurfziele markierten. Nun hieß es: Nichts wie ab und in Sicherheit bringen!

In das Ballern der Flak mischte sich das Getöse von explodierenden Bomben, das Bersten von Glas und Holz. Es waren schwere Sprengbomben und Luftminen, die wir im Bunker wahrnahmen. Dieser lag nur wenige Minuten von der Heusweilerstraße entfernt, gegenüber dem Friedhof. Wir hatten dieses Szenario schon oft erlebt. Stets waren unsere Notkoffer mit den allerwichtigsten Sachen und Dokumenten gepackt. Wir rannten wirklich um unser Leben. Wir, das waren Sofie, Onkel Karl, Tante Elly, Paul und ich. Otto und Mama verschanzten sich im Keller. Sie wollten das Haus vor Plünderern bewahren und es nicht verlassen. Sie glaubten an ihren Schutzengel.

Onkel Karl war an diesem Tag auf Fronturlaub zu Hause. Ein wahrer Segen für ihn und uns alle.

Es brummte entsetzlich. Die Sirenen heulten Fliegeralarm. Es war nicht mehr dunkel und nicht mehr still in dieser Nacht. Wir rannten um den Häuserblock zum Luftschutzbunker. Auf dem Weg dorthin sahen wir meterhohe Flammen aus den Fenstern verschiedener Häuser schlagen. Es knallte und prasselte. Feuer kann laut sein.

Aber auch sehr schnell ging sein Geräusch unter. Donner, Knall und ein starkes Rauschen machen einen Höllenlärm. Mit markdurchdringendem Pfeifen sausten die Bomben hernieder, ganz nah, entluden sich in ohrenbetäubenden Explosionen, die so manches Haus erschüttern ließen. Der Putz fiel von den Wänden. Der Luftdruck nahm uns den Atem.

Wir erreichten endlich den Luftschutzbunker. Die schwere eiserne Tür wurde hinter uns geschlossen und der Riegel vorgeschoben. Waren es zehn Minuten oder gar zwei Stunden? Jegliches Zeitgefühl ging verloren. Ich begann laut zu schluchzen, zum ersten Mal in dieser Nacht. Ich vermisste meine Eltern. Das Licht ging aus. Man entzündete Kerzen. Ein kleiner Trost, nicht schon im Grab zu sitzen. Ein gewaltiger Kracher, der alles zum Beben brachte, ging offensichtlich direkt über uns nieder. Angst und Besorgnis breiteten sich unter den Menschen im Bunker aus. Ob wohl das Haus noch stand? Tante Elly, Sofie und ich saßen zusammengekauert mitten unter den anderen Frauen. Jeder hatte seinen festen Platz. Panik kam auf.

Ich weiß nicht, wie lange wir dort saßen. Irgendwann musste ich unter Tränen eingeschlafen sein. Anderntags verkündeten fahrbare Sirenen die Entwarnung.

Wir kamen gar nicht schnell genug aus dem

Bunker raus. Die Luft dort drin war so stickig, alles stank nach körperlichen Ausdünstungen, Kerzenwachs und der Ungewissheit, was passiert war. Gerade einen Schritt nach draußen gesetzt, holten wir erst einmal Luft. Diese war nicht viel besser als drinnen. Dünner Nieselregen erfüllte die feuchte Luft. Scharfer Geruch kalten Rauchs, verdreckte Kleider und im Blick die Trümmerhaufen der Häuser. Es bot uns ein Blick des Grauens. Viele Menschen standen fassungslos vor ihrer ausgebombten Bleibe. Andere krochen aus dem Keller ihres zerstörten Hauses. Ich hoffe inständig, dass Mama nicht passiert war. Unser Keller war tief und verfügte über eine dicke betonierte Kellerdecke. Über Schutt, durch in den Augen beißenden Rauch, an Feuer und Hitze vorbei schleppten wir fünf uns nach Hause. Oder besser, was davon noch übrig geblieben war. Ein Bild des Schreckens und des Chaos. Das gesamte Anwesen war ausgebombt und zerstört. Kein Stein stand mehr auf dem anderen. Das Holz der Schreinerei brannte noch immer lichterloh. Sofie bekam einen Schreikrampf. Mir wurde schwarz vor den Augen, und ich brach zusammen.

Als ich wieder zu mir kam, lag ich in den Armen von Onkel Karl. Sofie und Paul hatten Zuflucht bei Tante Elly gesucht. Wir schrien alle. Ohne jegliche Regung saßen wir nach dem ersten Schock wohl stundenlang da. Irgendwann hatten wir Hunger und Durst. Onkel Karl war der Erste, der anfing, unter unserem Trümmerhaus zu buddeln. Er fand tatsächlich noch etwas: Meine Schildkrötenpuppe ›Roswitha‹ lag fast unversehrt unter einem verkohlten Holzbalken. Nur eine leichte Delle hatte sie am Kopf und das Kleidchen war mitsamt den Schühchen etwas mit Ruß überzogen. So lieb hatte ich meine Puppe noch nie gehalten wie in diesem Moment.

Der nicht ausgebombte Kohlenhändler aus der Lebacher Straße brachte uns heiße Brühe und Brot. Andere Leute kamen ebenfalls, um zu helfen. Nicht alle Häuser waren von dem Bombenhagel so sehr beschädigt worden wie das unsere. Sie fingen an, die Balken und Steine auf die Seite zu schaffen, und suchten nach Mama und Otto. Tante Elly, Sofie und ich konnten uns bei dem Kohlenhändler ausheulen. Er gab uns fünf Unterschlupf. Onkel Karl und sein Sohn Paul, also dein Vater, Jula, halfen unter größten Anstrengungen, Mama und Otto im zusammengefallenen Keller zu suchen.

Es dauerte lange, bis es unwiderruflich feststand: Die beiden waren den Trümmern zum Opfer gefallen.«

Tante Anna weint nun bitterlich. Die dunkle Sonnenbrille kann zwar einen großen Teil ihres Gesichts verdecken, dennoch quellen ihre Augen rot auf. Mechthild springt direkt auf und legt tröstend ihren Arm um sie. Anna schnappt nach Luft. Einige Minuten vergehen. Sie trinkt ihr Glas Mineralwasser mit einem Zug leer.

Was sollen wir in dieser Situation tun?, schießt es mir durch den Kopf. Ich bin zu unerfahren, tröstende Worte von mir zu geben. Stattdessen umklammere ich nun Mechthild und Anna. Auch Christine schließt sich der Liebkosung an.

Auf einmal ganz diszipliniert, rückt sich Anna gerade, wischt sich die Tränen mit dem Handrücken ab und murmelt:

»Kinder, das Leben geht weiter. Es hat uns viel zu bieten. Liebe, Leben und Tod sind immer dicht beieinander. Doch dieser fünfte Oktober hat mein Leben zum ersten Mal gründlich auf den Kopf gestellt und den Sinn des Lebens hinterfragt. Ich war zwar noch ein kleines Kind, musste das Schicksal aber hinnehmen. Ich fragte Tante Elly, wo Papa sei. Sofie hatte früher als ich begriffen, dass das hier nicht das einzige Drama war.«

»Wieso denn das?«, fragen Christine und ich aus einem Mund.

»Nun, ich erwähnte ja bereits, dass unser Vater Lokomotivführer war. Ausgerechnet an diesem entsetzlichen Abend hatte er Nachtdienst. Er war verpflichtet worden, seinen Dienst wahrzunehmen, anstatt als Soldat in den Krieg zu ziehen. Seine normale Schicht war längst rum. Unruhig warteten wir fünf auf seine Rückkehr im Hause des Kohlenhändlers Grimm. Zwei Tage später hatten wir Gewissheit. Schwere Sprengbomben und Luftminen hatten den Bereich Malstatt-Burbach und Güterbahnhof getroffen. In nur einer Stunde war das gesamte für Saarbrücken wichtige Schienennetz ausgeschaltet worden. Unser Vater wurde samt seinem ganzen Güterzug in die Luft gesprengt. Ich verstand die Welt nicht mehr. In unserer Familie starben an diesem fünften Oktober drei geliebte Familienmitglieder. Mama, Frieda Schommer, wurde nur vierzig Jahre alt. Papa, Paul Schink, vierundvierzig und Otto, Sofies und mein Cousin, gerade mal zarte fünfzehn Jahre.«

Meine Schwester und ich hatten unsere Großeltern nie kennengelernt. Sie waren bereits vor unserer Geburt verstorben. Mama hatte keine Geschwister. Uns blieb nur noch die Familie von Onkel Karl. Er hatte zusammen mit Elly bei unserer Geburt die Patenschaft übernommen. Für Sofie war er der Taufpate und Tante Elly war meine Patin.

Nun sind wir, Christine, Mechthild und ich, ebenfalls nervlich am Ende. Das Leben hat es mit Anna offensichtlich nicht so besonders gut gemeint, überlege ich und weiche den Blicken der anderen aus. Ich denke an meine Trauerzeit zurück. Vor vier Jahren habe ich innerhalb von zehn Tagen meine Eltern zu Grabe getragen. Von

Krankheit gezeichnet, wurden sie erlöst – so versuche ich mich heute noch über den schmerzlichen Verlust hinwegzutrösten. Mit eiserner Disziplin geht das. Bestimmt denkt Tante Anna auch so – schließlich fließt das gleiche Blut in uns.

»Lasst uns ein paar Schritte laufen, oder ist es schon wieder Zeit für das Abendessen?«, platzt Christine heraus.

In der Tat haben sich die Zeiger der Uhr merklich vorwärtsbewegt. Kurz nach achtzehn Uhr ist es.

»Gehen wir uns in den Pool den Kopf frei schwimmen, sodass wir beim Dinner wieder aufnahmefähig für weitere Details aus deinem Leben, sind?«, schlägt Mechthild vor.

Eine gute Stunde vergnügen wir uns im Wasser. Selbst im Badeanzug macht Anna mit ihren fünfundsiebzig Jahren noch eine gute Figur. Sie schwimmt sehr konzentriert in ihrem schwarzen Badeanzug. Man kann es nicht glauben, dass sie eine Frau Gottes ist. Heute mal zur Abwechslung auf Abwegen. Ob sie das öfter macht?, frage ich mich. Wie ist generell das Leben im Kloster? Ich habe keine Ahnung. Kann ich Tante Anna danach fragen, oder wäre das gar zu intim?

Ich brenne vor Neugierde und nehme die Gelegenheit wahr, mit Anna unter vier Augen sprechen zu können. Sie steigt aus dem Pool, wickelt sich in den hauseigenen Bademantel ein und

nimmt auf einer der Liegen Platz. Die Abendson-
ne im Juli scheint ihr ins Gesicht und sie schließt
die Augen. Sie hält meinen Beobachtungen stand.
Nun wage ich sie doch anzusprechen.

Neuntes Kapitel

»Darf ich?«, frage ich ganz zart, fast schüchtern.

»Natürlich, mein Kind.«

Ich lasse mich auf dem freien Liegestuhl neben ihr nieder. »Kann ich dich etwas fragen?«

Sie nickt, als ob sie wüsste, was jetzt kommt.

»Tante Anna, wie ist das Leben so im Kloster? Wie ist dein Tagesablauf? Ich kann mir den nicht vorstellen. Ich kenne nur die Floskel *Ora et labora*, also *Bete und arbeite*. Ist das wirklich so?«

»Das war einmal, im Mittelalter. Wir leben zwar hinter dicken Mauern, aber keineswegs so abgeschieden, wie man glaubt. Es sind keine Gefängnismauern und wir haben Zugang zu allem weltlichen Geschehen. Das Benediktinerkloster von Krummholz, das seit zweiundfünfzig Jahre mein Zuhause ist, ist im Vergleich mit anderen Klöstern sehr klein. Es gehört der Erzdiözese Trier und der Beuroner Kongregation an. Zu unserem Konvent gehören nur noch achtzehn Mitschwestern. Alle sind jenseits der fünfzig. Uns fehlt der Nachwuchs. Über kurz oder lang wird unser Wohntrakt geschlossen werden und nur noch als

Museum dienen. Wir bieten zwar zum Unterhalt der Anlage Kurse zur Besinnung und Zeiten der Einkehr an. Ferner für verzweifelte Frauen das ›Kloster auf Zeit‹, doch wirkliches Interesse an unserem Leben hat schon lange keine junge Frau mehr bekundet.«

»Ja wie lebt ihr denn dort?«

»Nun, der Klosteralltag unterliegt einer heilsamen Ordnung. Die Gebetszeiten umspannen den Tag und gehen von morgens fünf Uhr dreißig bis zwanzig Uhr dreißig. Sie geben uns Struktur, das heißt wir haben insgesamt fünf gemeinsame Gebete von mindestens vier Stunden. Dazwischen geht jede von uns den aufgetragenen Tätigkeiten nach. Für Beratungen und Gedankenaustausch haben wir circa zwei Stunden am Tag zur Verfügung. Unser Kloster ist wie ein kleines Unternehmen. Es wird von der Äbtissin geleitet und soll sich durch die Arbeit der Mitschwestern selbst tragen. Deshalb unterhalten wir unsere Hostienbäckerei, die Paramentenwerkstatt und die Buchhandlung. Und natürlich die Vermietung unserer Gästezimmer. Dies reicht zwar für den Unterhalt, aber Novizinnen kommen dennoch nicht.«

»Wie wohnt ihr und wie schaffst du diese Verwandlung, um hier im Hotel als ganz normale alte, aber fitte Dame aufzutreten?«

»Auf diese Fragen habe ich die ganze Zeit gewartet. Ich lebe in einem eigenen kleinen Zimmerchen mit Nasszelle und wenigen persönlichen Sachen. Die ausnahmslos schwarzen Habits stellt das Kloster, für die Pflege sind wir selbst verantwortlich. Aber ich besitze selbstverständlich auch normale Straßenkleider, da es uns auch gestattet ist, ohne Ordenstracht unterwegs zu sein. Besonders gerne an meinen freien Nachmittagen schlüpfe ich in Hose, Bluse und schöne Schuhe. Du siehst, es geht alles. Selbst ins Schwimmbad und zur Gymnastik können wir gehen. Oder warum, glaubst du, bin ich noch so gelenkig? Von der Arbeit in der Bücherei bestimmt nicht.«

»Das habe ich nicht erwartet. Inkognito kannst du dich also überall blicken lassen. Das finde ich toll. Es geht dir also wirklich gut, wenn du auch auf deine eigene Familie verzichten musst.«

»Durchaus, und das mit der eigenen Familie habe ich ja schon lange Jahre abgeschlossen. Die Geschichte erzählte ich euch ja gestern bereits. Und trotz alledem habe ich doch eine Familie. Zu Bruder Ingobert pflege ich regelmäßigen Kontakt, dich und Christine habe ich nun auch kennengelernt.«

Tante Anna dreht nervös ihren Goldring an der linken Hand. Ich bemerke es und wage die Frage zu stellen: »Ist das der Ehering als Symbol, dass du die Braut Gottes bist?«

Sehr ernst schaut sie mich an. Habe ich soeben etwas Indiskretes gefragt?, schießt es mir durch den Kopf. Stattdessen ein tiefer Seufzer und eine Antwort, mit der ich keineswegs gerechnet habe:

»Nein. Der Ring sieht nur so aus. Ich habe ihn nach meiner *ewigen Profess*, der endgültigen Aufnahme in den Orden, gegen meinen Verlobungsring mit Lutz ausgetauscht. Die sehen sich zum Verwechseln ähnlich.«

»Du bist eine sehr außergewöhnliche Nonne, die, wie mir scheint, ihre eigenen Regeln aufstellt.«

»In der Tat, das habe ich, aber alles unter Gottes Beobachtung«, sagt sie mit einem breiten Lächeln.

Ich nehme die Gelegenheit, da wir schon mal über Gold reden, wahr und platze heraus: »Unsere Amulette sind also deine Taufgeschenke. Wo kamen die her?«

»Es sind Stücke aus dem Familienschmuck, der schon über Generationen weitergegeben wurde. Der Rest muss sich in der Schatulle befinden, die Sofie aufbewahrt. Dann gibt es noch einige alte Schriftstücke und Dokumente, die auch dabei sein müssten. Zum Teil habe ich die alten Schriften handschriftlich neu geschrieben.«

»Sind das auch Geburtsurkunden, Heiratsakten und so was, wie ich sie auch habe? Und was hast du da geschrieben?«

»Im Zusammenhang mit meinen Nachforschungen über unsere Ahnen habe ich alles, was in dem Koffer ist, gelesen und dokumentiert. So ist auch das Tafelbild entstanden.«

»Na, ihr beiden, was erzählt ihr euch denn Schönes?«, fragen Mechthild und Christine.

»Kommt, wir wollen doch das Abendessen nicht verschmähen«, entgegnet Tante Anna.

Zehntes Kapitel

Das Wellnesswochenende scheint so schnell zu Ende zu gehen. Nur noch morgen, der Sonntag, bleibt uns, um das Geheimnis über die Herkunft der Amulette zu lösen.

Nach dem Poolgang wollen wir vier uns wieder schick fürs Abendessen machen. Ich stehe gerade vor dem Spiegel, um mir die Haare zu föhnen, als es leise an der Zimmertür klopft. Wer stört mich denn ausgerechnet jetzt?

Schnell werfe ich mir den Bademantel über, wickele mir das Handtuch wie ein Turban um den Kopf und öffne vorsichtig die Tür.

»Kann ich kurz reinkommen?«

Es ist Cousine Christine in dem gleichen Outfit wie ich. Ohne eine Antwort abzuwarten, stürmt sie das Zimmer und setzt sich im Bad auf den kleinen Hocker.

»Was ist denn mit dir los? Du scheinst ganz durch den Wind zu sein. Ist was mit den Zwillingen oder mit Jost?«

»Mit denen habe ich gerade telefoniert, zu Hause ist alles in bester Ordnung. Jost hatte zwar heute einen schweren Einsatz, aber die beiden Mädels sind ganz glücklich, mal ohne Mamas Kommentare im Haus schalten und walten zu können. Die sind mit ihren dreiundzwanzig Jahren erwachsen genug. Nein, die Erzählungen von Tante Anna greifen so langsam meine Nerven an. Ich komme mir vor wie ein Zuschauer des besten Familiendramas. Du etwa nicht?«

Eigentlich will ich mich föhnen, stattdessen greife ich zu meinem roten Nagellack und zu Chrisis Fuß. Wie schon öfter in den letzten Jahren, spiele ich mal wieder große Schwester.

»Fuß hoch, ich lackiere dir jetzt schön die Zehen in dunkelstem Rot. Ich, weiß, das ist zwar nicht deine Lieblingsfarbe, aber es hilft, glaub mir.«

Wir haben unseren Spaß. Aus der Reisetasche krame ich noch eine eiserne Reserve an Prosecco hervor. Mangels Gläsern müssen wir beide aus der Flasche trinken. Aber uns macht das nichts aus. Wir spülen die Anspannung einfach weg. Christine greift dann auch zum Nagellack und zaubert uns beiden wunderschöne rote Fingernägel. Gegenseitig föhnen wir uns anschließend noch die Haare. Wir fühlen uns wie Teenager. Der Sekt verfehlt seine Wirkung nicht; im Nu ist die Flasche leer und wir sind wieder richtig gut drauf und bereit für Annas neue Enthüllungen.

»Ihr kommt aber mal wieder spät.«

»Was habt ihr denn angestellt?«, werden wir am Tisch von Mechthild und Anna empfangen.

»Wieso?«, kommt es unisono.

»Ihr giggelt und lacht und eure Schritte sind tänzelnd.«

»Ihr habt euch wegen uns so hübsch gemacht. Die Haare toll geföhnt und die Fingernägel rot lackiert?«

»Nicht nur die«, Christine streckt den beiden den linken Fuß entgegen. Die Sandale bringt mein Werk ans Tageslicht.

»Euch kann man nicht alleine lassen.« Mechthild riecht unseren Sektgenuss und wedelt mit der Hand. »Wo habt ihr den her?«

»Aus einer geheimen Schatulle«, krächze ich.

Das Abendessen wird sofort an unserem Tisch serviert. Wir sitzen in derselben Ecke wie am Vorabend. Tante Anna wirkt wieder sehr souverän in ihrem schwarzen Hosenanzug. Dazu trägt sie eine graue Bluse und erstmals eine randlose Brille. Niemand schöpft Verdacht, dass sie eine Nonne ist.

Langsam und bedächtig genießen wir die vegetarische Kost. Dazu trinken wir Mineralwasser.

Chrisi und ich sind uns einig, bei Tisch sofort das Gespräch auf den kleinen braunen Koffer zu lenken.

Mechthild kommt uns zuvor: »Tante Anna, du hast heute Nachmittag erzählt, dass du und

79

Mama die einzigen Überlebenden von eurer direkten Familie seid. Und Karl und Elly als eure Paten die Verantwortung übernahmen.«

»Ja, sie waren gute Ersatzeltern. Dein Vater Paul«, Anna sieht mich an, »und deine Mutter Helga«, mit Blick zu Christine, »liebevolle Ersatzgeschwister. Es fehlte uns an nichts.«

»Wie ging es nach der Feststellung weiter? Das Haus und der Hof und drei Mitglieder der Großfamilie waren nicht mehr da?«, fragt Christine.

»Wir kamen erst mal bei dem Kohlenhändler unter. Drei kleine Zimmerchen unter dem Dach wurden für zwei Jahre unser Zuhause. Karl und Elly, wir Kinder und viele Freunde der beiden halfen beim Wiederaufbau des Anwesens. Wie die das gemacht haben, weiß ich nicht. Auf jeden Fall stand zuerst die Schreinerei wieder. Onkel Karl musste ja den Lebensunterhalt verdienen. Sein Können war gefragt. Später war das Haus in der Heusweilerstraße vierundzwanzig wieder bezugsfertig. Es war viel, viel kleiner als zuvor. Der hintere Teil wurde nicht mehr aufgebaut. Dort verbauten die Erwachsenen offensichtlich alle noch brauchbaren Steine, die wir als Kinder aus dem Schutt geklopft hatten. Saarbrücken stellte sich in den nächsten Jahren wieder auf die Beine. Elly trug durch ihre Näherei viel zum Lebensunterhalt bei. Ständig ratterte die aus den Trümmern gerettete Wippnähmaschine, sowohl für uns Kinder als auch für Kundenaufträge. Sie hatte das Geschick, aus jedem noch so unansehnlichen Kleidungsstück etwas Schickes zu machen. Neue gekaufte Kleider gab es nicht. Selbst die ausgelatschten Schuhe wurden von Onkel Karl geflickt. Ich ging in die erste Schulklasse, als Klein Helga im Januar 1947 geboren wurde.«

»Das ist meine Mutter«, flüstert Christine dazwischen.

Wir sitzen mit höchster Anspannung bei Tisch. Die Schilderung hat Chrisi und mich schlagartig wieder nüchtern gemacht – oder waren es das gute Essen und das Mineralwasser?

»Ja, für uns war endlich der Krieg vorbei. Wir führten ein ganz normales Familienleben. Sofie und ich vermissten zwar unsere Eltern; Karl und Elly ihren Sohn Otto. Doch das Leben ging weiter.«

Hier sehe ich eine Chance, nach dem kleinen braunen Koffer zu fragen. Anna legt gleich los:

»Dieses Köfferchen überreichte Onkel Karl uns, also Sofie und mir, an Weihnachten 1945. Cousin Paul bekam restaurierte Schraubzwingen, denen sein Vater neu gedrechselte Griffe verpasst hatte. Sie galten als Symbol, dass er irgendwann die Schreinerei weiterführen sollte. Für uns Mädels stellten sowohl der Koffer als auch der Inhalt und die Schatulle mit den Schriften und Bildern keine Werte dar. Wir waren ja noch Kinder. Spielzeug oder etwas anderes Nützliches wäre uns lieber gewesen. Auch Paul war von seinem Geschenk enttäuscht, doch er ließ es seine Eltern nicht wissen. Sie meinten es wirklich gut und wollten wohl gewisse Vorkehrungen zum Schutz des Familienerbes treffen. Der braune Koffer verschwand im Kleiderschrank und aus unseren Köpfen. Pauls Schraubzwingen gingen mit den anderen Werkzeugen in der Tischlerei unter. Erst als Sofie deinen Vater, liebe Mechthild, heiratete, schauten wir beim Ausräumen des Schrankes mal rein. Das war 1956. Wir schlossen den Pakt, dass wir den Schmuck als Notgroschen ruhen lassen, uns die Urkunden und alle anderen Papiere und Bilder zu einem späteren Zeitpunkt ansehen. Nur die Amulette wollten wir eventuell an unsere, Pauls und Helgas Kinder weitergeben. Der Haken bei dem Übereinkommen war, dass diese Kinder alle Löwengeborene sein müssten. Wir überließen alles dem Schicksal.«

»Schicksal – aber ist der Koffer heute wirklich noch bei Tante Sofie?«, will Christine wissen.

»Ich bin davon überzeugt. 1988 habe ich bei einem Besuch zusammen mit Sofie die alten Dokumente durchgesehen. Weiß Sofie das nicht mehr?«

»Nein. Vielleicht, wenn ich sie direkt auf den Koffer anspreche. Das Langzeitgedächtnis funktioniert manchmal noch. Davon, was in jüngster

Zeit passiert ist, hat sie allerdings keine blasse Ahnung. Oft kann sie mir noch nicht einmal berichten, was sie tags zuvor gemacht oder gar gegessen hat«, berichtet Mechthild mit gedehnter Stimme und traurigen Augen.

»So schlimm ist es? Ich nahm einige der Papiere mit, um unsere Wurzeln nachverfolgen zu können. Das habe ich euch ja schon erzählt. Dabei habe ich wirklich interessante Erkenntnisse gewonnen. In mühsamer Arbeit übersetzte ich sogar die uns nicht geläufige Sütterlinschrift – eine besondere Herausforderung.«

»Was waren das für Dokumente?«

»Wenn ihr das Köfferchen findet, werdet ihr genau wie ich von Neugierde getrieben sein. Es sind uralte Urkunden, Fotos und gut erhalten gebliebene Seiten aus einem Tagebuch darin. In feinster Schrift geschrieben. Meine Nachforschungen ergaben, dass man diesen Stil von 1915 bis circa 1940 schrieb. Man nennt sie auch die *deutsche Schrift* und *Kanzleischrift*. Alte Kirchenbücher unserer Bibliothek gaben mir die passenden Übersetzungsgrundlagen.«

»Und wo sind die Übersetzungen heute? Hast du die noch?«, kommt es wie im Chor aus unseren Mündern.

»Nein, ich habe alle Unterlagen am Tag der Beerdigung deines Vaters, liebe Mechthild, wieder zurückgelegt, mitsamt meinen Übersetzungen.

Das war mein letzter Besuch in Saarbrücken.«

»Du bist also seit vierzehn Jahren nicht mehr bei uns gewesen.«

»Deshalb bin ich mir auch ganz sicher, dass das Familienerbe sich noch bei euch befindet. Sofie wirft doch nichts weg. Mechthild, such doch mal in den Schränken deiner Mutter oder da, wo ihr die alten Sachen deiner Eltern aufbewahrt.«

»Ja, gleich morgen, wenn ich zu Hause bin – oder noch besser, ich rufe nachher Rüdiger an. Er soll morgen Vormittag schon mal damit beginnen, denn ich weiß wirklich nicht, wo das Ding ist.«

»Mein Latein, und dies ist wörtlich zu nehmen, ist hier zu Ende. Ohne die Dokumente versteht ihr den Zusammenhang nicht. Auch dieses Tafelbild hier«, Anna schlägt sich locker auf die linke Hosentasche, »ist somit unverständlich für euch.« Mit großen aufmunternden Augen schaut sie jede von uns an.

»Jetzt verstehe ich den Ausspruch meines Vaters. Sobald es in einem Gespräch um Werkzeug und Schraubzwingen ging, sagte er: ›Passt gut auf die Stücke auf. Meine Kindheit und Jugend wurde durch sie geprägt.‹ Für mich waren sie nur Werkzeuge. Als er sich irgendwann in den neunziger Jahren von allen – inzwischen auch veralteten – Maschinen schweren Herzens trennte, vermachte er die Zwingen Hubert mit der Bemerkung: ›Die sind noch von meinem Großvater und halten mehrere Generationen aus. Verwende sie ruhig, die brauchen die Arbeit, sonst rosten sie ein.‹ Noch heute kommen die betagten Schraubzwingen immer wieder zum Einsatz. Hubert und unser Sohn schwören auf die damalige Qualität. In der blauen abgegriffenen Mappe liegen einige Durchschläge von den Urkunden, die du, Tante Anna, erwähnt hast. Wie kommen sie in den Nachlass meines Vaters?«

»Die Frage kann ich nicht beantworten. Nimm es einfach hin«, entgegnet mir Anna.

»Ich habe in drei Wochen Geburtstag«, frohlockt Mechthild. »Wie wäre das, wenn wir alle zusammen dann das Geheimnis lüften? Ich meine *alle*; auch Pater Ingobert und du, liebste Tante, seid eingeladen. Und zwar schon zum Sektfrühstück gegen elf Uhr. Lässt sich das einrichten?«

Christine und ich gucken uns an und nicken mit einem Lachen im Gesicht. Anna hingegen schaut etwas nachdenklich drein.

»Das müsste gehen. Wollt ihr wirklich Ingobert kennenlernen?«

Allgemeines Nicken.

»Dann werde ich ihn morgen Abend anrufen und ihn damit überraschen, dass endlich seine wirkliche Familie Interesse an ihm bekundet. Er ist sehr modern eingestellt. Erst auf den zweiten Blick, wenn überhaupt, werdet ihr ihn als Geistlichen wahrnehmen.«

Das klingt fantastisch und wird ein Mordsspaß werden. Andererseits bin ich ein wenig enttäuscht, heute nicht mehr über die Familie Schink zu erfahren. Ich nehme es wortlos hin. Unter dem Tisch werde ich von Christine mit dem Fuß angerempelt. Mit Absicht. Gleich darauf mit dem Zeigefinger dezent von ihr aufgefordert, mich mit ihr zusammen zum Örtchen *für kleine Mädchen* zu begeben. Wir verstehen uns eben wortlos.

Mit einer kurzen Entschuldigung stehen wir beide gleichzeitig auf und verschwinden in die Toilettenanlage im Keller des Restaurants.

»Ich finde es jammerschade, dass Anna nicht weitererzählen will. Wo es doch gerade so spannend ist«, platze ich mal wieder raus.

Christine zieht im Spiegel eine Grimasse.

»Stimmt, so mittendrin einfach aufzuhören ist schon gemein. Unser Interesse wird dadurch aber noch mehr geweckt und Mechthilds Idee, uns alle, auch Ingobert, zu ihrem Geburtstag einzuladen, finde ich spitze. Meinst du nicht auch?«

»Wie ich Mechthild kenne, will sie die perfekte Gastgeberin sein. Aber bestimmt führt sie auch noch etwas im Schilde. Sonst würde sie nicht schon für vormittags um elf einladen.«

»Mmmm. Lass sie mal machen, und vielleicht findet Rüdiger das Köfferchen ja schon morgen und wir könnten schon vorher …«

»Du bist unfair. Wir warten doch besser ab und überlassen des Rätsels Lösung unserer Tante Anna.«

Als wir wieder an unseren Tisch zurückkehren wollen, werden wir vom Ober sogleich gebeten, uns nebenan in die gemütliche Ecke des Wintergartens zu setzen. Verstohlen schauen wir in die angezeigte Richtung. Dort sitzen Anna und Mechthild mit einer Flasche Weißwein und vier Gläsern auf dem Tisch. Sie unterhalten sich leise und scheinen etwas auszudiskutieren. Als wir näher kommen, verstummen sie sofort.

»Ihr wart zu lange auf der Toilette. Die haben uns mal wieder rausgeschmissen«, empfängt uns Mechthild, um abzulenken.

»Wisst ihr, was wir morgen zum Abschluss unserer Begegnung machen werden?«, fragt Anna in die Runde. Einen Vorschlag erwartet sie nicht. Sie legt gleich los. »Ich will euch mein Zuhause zeigen. Ganz offiziell werde ich euch als meine Familie im Kloster vorstellen. Dann lernt ihr das Klosterleben kennen. Vielleicht interessiert euch auch die Bibliothek, in der ich immer noch arbeite, die Hostienbäckerei und die Paramentenwerkstatt. Ist das ein Angebot?«

Wie schon so oft während der Unterhaltungen stehen uns die Münder offen und wir nicken mit Begeisterung.

Der Abend wird lustig. Anna schweigt, will

aber Geschichten aus unserem Leben hören. Wir haben eine Menge zu erzählen. Es wird sehr spät, bis wir ins Bett gehen.

Ahnentafel der Familie Schink | 1999

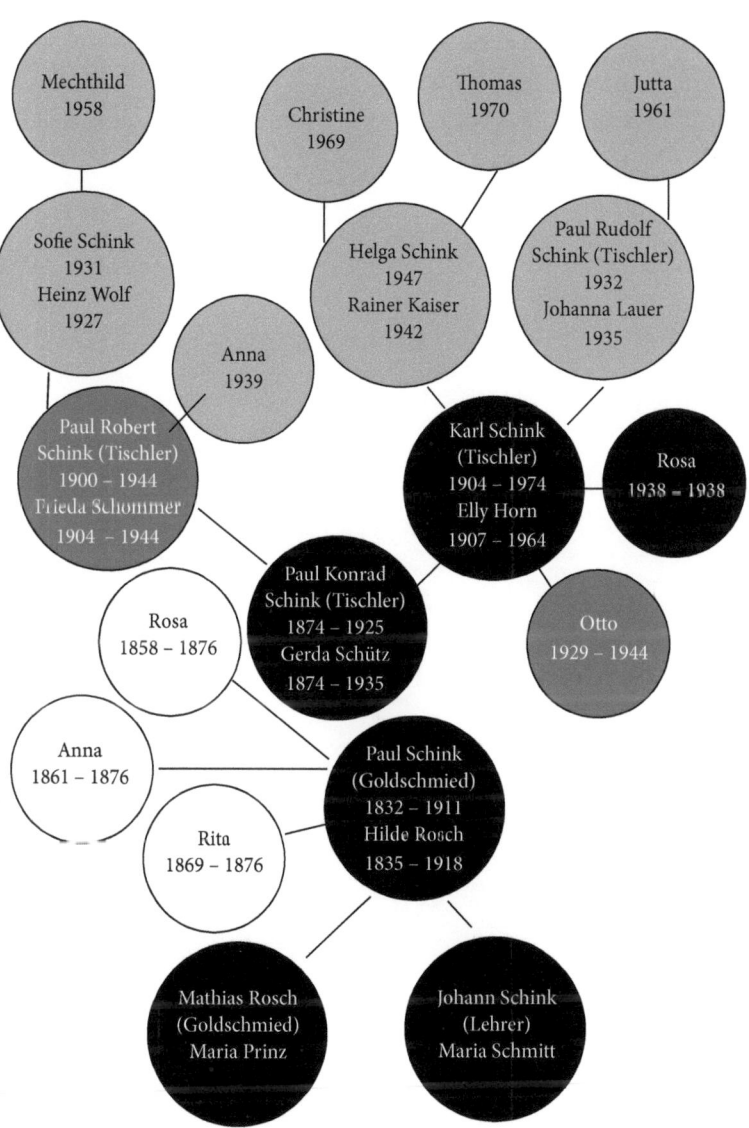

Elftes Kapitel

Sonntagmorgen. Heute ist unser letzter Tag in der *Grünen Oase*. Den Frühstückstisch haben wir für halb neun an unserem Stammplatz gebucht. Wieder gibt es ein sehr üppiges vegetarisches Mahl mit allen möglichen Säften, Obst, Müsli und vielem mehr. Man könnte sich an die Auswahl gewöhnen. Auf meinen morgendlichen Kaffee kann ich allerdings nicht verzichten. Christine und Mechthild schließen sich diesem Ritual gerne an. Tante Anna genießt lieber einen Tee.

Das Hotel scheint wieder ausgebucht zu sein. Viele Gäste habe ich bereits in den letzten beiden Tagen gesehen. Man nickt sich freundlich zu, bleibt aber weiterhin anonym. Das finde ich sehr angenehm, besonders in Hinblick auf Tante Annas Stellung in der Kirche.

Für zehn Uhr haben wir den letzten Wohlfühlakt terminiert. Mechthild, Christine und ich haben uns für eine eingehende Fußmassage entschieden. Anna zieht sich lieber auf ihr Zimmer zurück. Dort widmet sie sich offensichtlich der Gebetsstunde. Wir vermuten es jedenfalls stark, wagen aber nicht nachzufragen. Für halb zwölf müssen wir auschecken.

Christine hat Anna angeboten, sie ins Kloster zu chauffieren. Dann braucht sie keine besonderen Vorkehrungen zu treffen, um weiterhin unerkannt zu bleiben.

Wir bezahlen unsere Rechnungen bei der netten Fitnesstrainerin an der Rezeption. Ich beobachte Anna, wie sie ganz souverän in dezenten Straßenkleidern mit Bargeld zahlt, sich für den gelungenen Aufenthalt bedankt, ihren Trolly samt Kleidersack schnappt und uns zu Christines Wagen folgt.

Wir verstauen alles im Hundeauto. Anna, die vorne bei Christine sitzt, lotst uns Richtung Kloster Krummholz. Nach zwei Kilometern deutet Anna an, dass wir einen Zwischenstopp an der Schutzhütte rechts im Wald machen sollen. Bislang hat sich die Unterhaltung rund um Christines bemerkenswertes Vehikel und um den zunehmenden Verkehr gedreht.

Wir stehen alleine am Waldrand. Kein weiteres Fahrzeug ist in Sicht. Anna steigt aus.

»Wartet bitte einen kurzen Augenblick, ich bin gleich zurück.«

Tante Anna verschwindet mit ihrem Kleidersack in der Schutzhütte und kehrt als Schwester Antonia zurück. Es ist klar, in Straßenkleidern und noch mit Besuch im Gepäck kann sie unmöglich ins Kloster zurückkehren. Sie trägt nun eine schwarze Tunica mit Zingulum, dem Gürtel, und einen schwarzweißen Schleier. Dazu eine Brille mit schwarzer Fassung. Nun ist sie nicht mehr unsere Tante Anna. Die Veränderung ist bemerkenswert. Kleider machen Leute beziehungsweise andere Menschen aus ihnen. Die Stimme, die blauen Augen und ihr Scharfsinn sind geblieben.

»Wieso bist du nicht ganz in Schwarz?«

»Die Gemeinsamkeit wird hiermit zum Ausdruck gebracht Alle Benediktinerinnen tragen das Gleiche, nur Novizinnen tragen bis zum Ablegen ihres Gelübdes schneeweiße Schleier. Darunter müssen wir alle unsere Haare verbergen. Dazu passend gibt es je nach Wetterlage die Kukulle, also einen Übermantel.«

Wir setzen die Fahrt unter Schwester Antonias Regie fort. Nach weiteren Kilometern über die holprige Landstraße, vorbei an dem Golfplatz, sehen wir auf einer leichten Anhöhe das Benediktinerkloster. Von Weitem sieht das Gemäuer aus wie die kleine graubraune Burg einer Postkartenidylle. Ein dicker, runder, nicht allzu hoher Glockenturm ersetzt den Wachtturm, die Zinnen und Schießscharten fehlen.

Ich rücke mich ehrfurchtsvoll gerade auf der unbequemen Rückbank von Christines Citroen.

Mechthild tut es mir gleich. Wir drei Mädels haben noch nie ein von Nonnen bewohntes Kloster besichtigt. Der Wagen nähert sich langsam über eine lange Zufahrt aus Kopfsteinpflaster. Schwester Antonia ist sehr ruhig geworden. Fast wortkarg. Sie wirkt verändert. Als hätte jemand den Schalter umgelegt. Der Parkplatz erscheint. Er liegt ein gutes Stück vor der Klosteranlage, fast wie in der *Grünen Oase*. Schwester Antonia zieht das kleine Köfferchen hinter sich her. Hohe Mauern mit einem riesigen Tor verwehren uns erst mal den direkten Weg. Wir stehen davor. Meine Knie werden ganz weich und mein Magen macht auch komische Geräusche. Fast wie Lampenfieber.

Wie von Geisterhand öffnet sich das Holztor, als wir kurz davor sind. Christine und Mechthild wechseln die Gesichtsfarbe von zartem, wellnessverwöhntem Rosa zu Leichenblässe. Benommen fassen wir uns an den Händen. Wir warten ab – was geht hier vor sich?

»Wir haben euch schon erwartet«, kommt uns mit leiser, aber ziemlich dunkler Stimme eine Ordensfrau durch die sich automatisch öffnende Tür entgegen. Die Begrüßung wirkt zuerst äußerst kühl, wird aber sofort herzlicher, nachdem Schwester Antonia uns bekannt gemacht hat. Die Mitschwester Johanna, im schwarz-weißen Habit wie Antonia, ist zur gleichen Zeit ins Kloster gegangen wie Anna. Sie sind auch gleichalt und

»unter Verschwiegenheit beste Freundinnen«, erzählen sie uns leise, als wir den Eingang hinter uns lassen. Sie bitten uns, andächtig zu sein und nicht mit lautem Schuhgeklapper durch den sich anschließenden Kreuzgang zu marschieren. Ferner sollen wir, immer schön wie im Straßenverkehr, die rechte Seite benutzen. Wir drei verstummen. Dürfen wir überhaupt noch atmen? Der von Oberlichtern durchflutete Kreuzgang scheint unendlich zu sein. Ich wage kaum einen Blick, weder nach rechts noch nach links. Wir gehen hintereinander wie Gänse, nur ohne Geschnatter. Voran geht Schwester Johanna, gefolgt von Antonia. Ich bin die Letzte in der Reihe. Ein beklemmendes Gefühl.

Der Gang ist zu Ende. Vor uns liegt ein großer Innenhof mit einem schön gestalteten Brunnen. Umgeben ist das Carré an allen vier Seiten von zahlreichen dunklen, hohen, doppelflügeligen, schwarzbraunen Türen und einem thronenden, mit Schnitzereien verzierten Portal. Vorsichtig und tief gerührt drehe ich mich um meine eigene Achse. Zwei gewaltig hohe Stockwerke umfasst das Gemäuer. Es riecht nach Weihrauch. Über uns wölbt sich eine kunstvolle Glaskuppel. Wir stehen also nicht im Freien. Der Fußboden ist mit braunen und beigefarbenen, großformatigen Fliesen ausgelegt. Die Wände sind ebenfalls leicht beige getüncht. Echte Kerzenhalter und Ikonen zieren die Flächen zwischen den vielen Türen. Eine angenehme Kühle wird durch die Höhe erreicht. In jeder Ecke stehen große Zitrusbäume und Oleander in schwarzbraunen Steingefäßen.

»Kommt, wir gehen jetzt in den Besucherraum und dann starten wir den ›Rundgang‹«, verkündet Schwester Antonia. Sie hat unsere allgemeine Fassungslosigkeit erahnt. Stumm folgen wir ihr im lautlosen rechtsseitigen Marsch. Nach wenigen Schritten durch das große Portal erreichen wir eine Art Showroom. Hinter Glasvitrinen sieht man aufwendig mit Stickereien dekorierte Gewänder in Gold, Braun, Rot, Violett und tiefstem Schwarz.

Schwester Antonia entschuldigt sich, um ihr Gepäck in ihr Zimmer zu bringen. Sie verschwindet hinter einer der großen Türen. Wir bleiben vorerst mal bei Schwester Johanna zurück. Sie klärt uns auf, dass das Kloster 1753 gebaut und im Laufe der Zeit immer mehr vergrößert wurde.

Seit einigen Jahren leben nur noch siebzehn Mitschwestern zusammen mit der Äbtissin Laurentia und der Priorin Josefa nach den Regeln des heiligen Benedikt hier. Diese verlangen Gehorsam, Demut und Gastfreundschaft. Das Kloster ist Mittelpunkt des Lebens. Die höchste Regel lautet: Christus ist das Wichtigste im Leben. Alles andere kommt erst an zweiter Stelle.

Die Glasvitrinen zeigen jedoch nicht nur die

Paramentikwerke, sondern auch viele Hostien in unterschiedlichen Größen und Motiven. Schwester Johanna ist in ihrem Element. Sie erklärt uns die verschiedenen Formen, wie groß, wie dünn oder dick, weiß oder braun. Reines Weizenmehl und Wasser sind die einzigen Zutaten nach kirchenrechtlicher Vorschrift.

Schwester Antonia kehrt zurück. Sie greift mich unter den Arm und spricht leise: »Jetzt machen wir noch unseren Rundgang bevor ich zu meinem Gebet muss, falls ihr wollt.« Mit einem leichten Händedruck, aber sehr tiefen Blick in die Augen verabschiedet sich Schwester Johanna.

Wir erfahren, was sich hinter den großen Türen verbirgt. Die Klausurräume, die für Fremde unzugänglich sind, der Trakt der Konferenzräume, der Hauswirtschaft, die Lobby, ähnlich wie in einem Hotel, und der Kreuzgang, der zur Nikolauskapelle mit dem Turm führt. Der Gewölbegang, den man durch die offene Pforte gegenüber sieht, endet an der Hostienbäckerei und der Schneiderei. Schwester Antonias Bibliothek befindet sich am Ende eines weiteren Gewölbeganges, der von der Lobby abgeht. Für mich ist dieses Gemäuer ein Irrgarten.

»Hier ist der eigentliche Eingang. Er ist für unsere Kurzzeitgäste und Besucher nur unter der Woche und außerhalb der Gebetsstunden geöffnet«, erklärt Schwester Antonia ein riesiges

Portal, das ebenfalls von der Lobby abgeht. »Wir haben heute geschlossen. Morgen werden neue Frauen anreisen, die die innere Einkehr suchen. Eine Reisegruppe hat sich auch angemeldet. Sie erwartet eine Führung durch die gesamte Anlage mit Verkostung. Die Hostienbäckerei ist demzufolge heute auch nicht in Betrieb. Schauen können wir dennoch.«

Wir stehen vor einer Schaufensterscheibe. Dahinter sieht man die Bäckerei. Ich habe mir vorgestellt, dass es eine ganz traditionelle alte Backstube ist, an welcher der Zahn der Zeit genagt hat. Irrtum. Eine blitzblanke Einrichtung aus Edelstahl mit modernen Maschinen erkenne ich.

»Warum ist hier eine Glasscheibe?« Christine kommt mir mit der Frage zuvor.

»Aus Sicherheits- und Hygienegründen. Und natürlich, dass bei den Besuchen der Arbeitsablauf nicht gestört wird. Das Glas ist nur von dieser Seite zu durchschauen. Innerhalb der Backstube wirkt es wie eine weiße glatte Wand.«

»Das ist ja wie bei der Kripo.«

»Fast. Ihr müsst wissen, dass wir Schwestern nicht mehr selbst backen. Stattdessen haben wir eine junge Bäckermeisterin mit zwei Aushilfen eingestellt. Dies ist wirtschaftlicher und leichter für uns. Schwester Nicola, unsere einzige Bäckerin, ist über siebzig Jahre alt. Sie kann die Arbeit nicht mehr alleine machen, steht aber den dreien unter anderem auch als Repräsentantin zur Seite.«

Leise bewegen wir uns zu der gegenüberliegenden Paramentenwerkstatt. Von den hohen Mauern hallt jedes Geräusch wider. Wieder macht sich Benommenheit in mir breit. Auch dieser Weihrauchduft geht mir ein wenig zu stark in die Nase.

Die Werkstatt ist ebenfalls nur durch eine Trennscheibe zu betrachten. Hochmodern, mit großen Tischen, etlichen Nähmaschinen und vielen hunderten Stoffballen auf den umliegenden Regalen. Dazwischen stehen Stoffpuppen ohne Gesicht in menschlicher Größe. Zum Teil sind sie mit schmucken Gewändern bekleidet, aber auch nur mit langer Unterwäsche, schwarzen Kniestrümpfen und Schuhen in derselben Farbe. Die Schneiderei wird ohne fremde Arbeitskräfte von vier Nonnen betrieben. Die Auftraggeber sind allesamt kirchliche Einrichtungen. Es dauert oft sehr lange, bis eine Einzelanfertigung umgesetzt ist.

Ich spüre einen leichten Stoß in der linken Rippe. Christine ist es, die mir mit einem Lidschlag zu verstehen gibt, wie lustig sie diesen Anblick findet. Eine Antwort bleibe ich ihr schuldig. Stattdessen greife ich an meine Nase und versuche damit mein Schmunzeln zu verbergen. Mechthild sagt schon lange nichts mehr. Entweder ist sie müde oder total überwältigt. Ich kenne sie so gar nicht.

Die Bibliothek hingegen hat keine Scheibe und ist frei begehbar. Auch hier bringen Oberlichter über den hohen, mit Büchern voll gepackten Regalen Licht in den Raum. Es sind alles alte Schriften und ganze Buchbände, keine neuen, erklärt Schwester Antonia. Sie erläutert uns sehr ausführlich und fast schon wissenschaftlich die Registratur. Es ist ihr Arbeitsplatz und der von zwei Mitschwestern.

Für alle drei Bereiche gilt, dass keine Gegenstände, also keine Bücher, keine Hostien und keine Stofftücher, an Privatpersonen veräußert werden dürfen.

Wir sollen noch einen flüchtigen Blick in die zurzeit unbewohnten Gästezimmer im oberen Stockwerk werfen. Eine knarrende, gewendelte Holztreppe mit hohen Stufen führt uns durch einen Turm nach oben. Er hat nur winzige, schmale, aber hohe Lichtscharten mit Glaseinsätzen und würde schmucklos wirken, wäre da nicht der massige Leuchter, der von oben herabhängt.

Ich bin baff. Das habe ich nicht erwartet. Die zwölf Gästezimmer sind zwar vom Mobiliar her spartanisch eingerichtet, aber dennoch hell und freundlich. Ein Kruzifix hängt über dem Einzelbett. Am hohen Fenster stehen Orchideen. Das Bad, nicht besonders groß, weist das genaue Gegenstück an Einrichtung auf. Modern in Schwarz-

Weiß gehalten, mit allen technischen Raffinessen. Die roten Handtücher fallen mir besonders ins Auge. Sind die Schlafgemächer der Schwestern auch so ausstaffiert? Ich wage nicht, die Frage zu stellen. Ein großer Gemeinschaftsraum befindet sich am Ende der Türreihe. Dahinter befinden sich die Privatzimmer der Klosterbewohnerinnen. Hier dürfen wir nicht rein.

Zum Abschluss der Besichtigungstour bekommen wir drei in der Kapelle unseren Segen. Die Verabschiedung ist herzlich und von unserem besonderen Anliegen an Tante Anna bestimmt. Sie steckt Mechthild ein kleines Päckchen zu, welches sie offensichtlich die ganze Zeit unter ihrem Habit versteckt hielt.

Unser Wiedersehen an Mechthilds Geburtstag wird für Anna von besonderer Tragweite sein.

Zwölftes Kapitel

Von Schwester Antonia in die Freiheit entlassen, rollt Christines Wagen den holprigen Weg zurück zur Landstraße. Sie hatte uns zum Hintereingang gelotst. Deshalb steht hier kein großes Hinweisschild, wie wir nach wenigen hundert Metern auf der Straße eines finden. Warum, können wir uns nicht erklären.

Ich sitze vorne neben Christine, die fährt. Heiß ist es. Die Julihitze hat den Wagen aufgekocht. Wir lassen die Scheiben herunter, um möglichst schnell frischen Fahrtwind zu bekommen. Eine Klimaanlage besitzt das Hundeauto nicht. Auf Musik verzichten wir. Das Rauschen des Windes ist schon laut genug. Das mobile Navigationsgerät führt uns auf Umwegen Richtung Hunsrückhöhenstraße. Wir genießen schweigend die Kühle des Fahrtwindes. Von Christines sonstigem Fahrstil ist nichts zu bemerken. Trotz des spärlichen Verkehrs schleicht sie förmlich durch die Landschaft. Mechthild und ich verlieren kein Wort darüber. Stattdessen schauen wir uns den Wald, die Felder und Wiesen an.

Plötzlich, ohne Vorankündigung, bremst Christine. Dank Sicherheitsgurt knalle ich nicht mit dem Kopf an die Windschutzscheibe. Mechthild hingegen donnert mit der Stirn gegen meine Nackenstütze und schreit auf. Wegen des Hundegitters bleiben die Koffer wenigstens hinten und werden nicht zum Wurfgeschoss.

Ich verliere meine Beherrschung und schreie Chrisi an:

»Was ist denn jetzt? Ist ein Reifen geplatzt? Hast du was überfahren?«

»Nein, nein, nein … ich bin von dem Aufenthalt im Kloster, von Annas Schilderung, so aufgewühlt.«

Sie beginnt zu schluchzen. Die Tränen quellen aus ihren Augen und verschmieren die Wimperntusche. Sie wischt mit dem Handrücken darüber. Es wird immer schlimmer. Die Nase trieft nun auch noch.

»Was ist denn da so schlimm dran?«, fragt Mechthild.

Ich bedeute ihr mit einer Geste, dass sie ruhig sein soll. Mir ist Cousinchens plötzlicher Gefühlsausbruch nichts Neues. Schon öfter durfte ich ihr zuhören und sie emotional wieder aufrichten.

»Jetzt fahr erst mal hier von der Straße weg, da vorne ist eine Parkmöglichkeit auf der linken Seite. Siehst du sie?«, kommandiert Mechthild aus dem Fond.

Ich lege wie immer in solchen Situationen den Arm um Christine und drücke sie ganz fest an mich. Herz an Herz. Ich mache Atemübungen mit ihr und streichele sie sanft, wie meinen kleinen Enkel.

Es dauert eine gefühlte Ewigkeit, bis Christine wieder normal atmet. Sie öffnet das Handschuhfach und beginnt darin zu wühlen. Mechthild ist schneller und reicht ihr ein Tempotaschentuch. Das nimmt sie dankend an, wühlt aber wie eine Irre weiter. Was hat sie alles darin verborgen? Mit hastigen Bewegungen befördert sie Hundehalsband, Taschenlampe, Schlagstock, Kaugummis, Tampons, Kosmetiktücher, Haarspange, Bürste, CDs und Dauerschreiber auf meinen Schoß.

»Was suchst du denn?«, frage ich.

»Ich rede erst wieder mit euch, wenn ich mich selbst wieder ansehen kann. Ich suche meinen Lippenstift.«

Mechthild und ich schauen uns nur an.

Sekunden später. In der Ablage befindet sich das gesuchte Teil nicht. Mechthild ist es wieder, die von hinten Christine ihren Stift reicht.

»Nicht meine Farbe, aber besser als gar keinen.«

Dieser Ausspruch kommt mir bekannt vor. Mit Blick in den Rückspiegel bringt Chrisi sich halbwegs in Ordnung. Die schwarzen Augenränder bekommt sie jedoch nicht völlig weg. Sie hat nun große Ähnlichkeit mit Nina Hagen. Ich sage es ihr.

»Echt, dann bin ich jetzt das Double und mache mich selbstständig«, sagt sie mit einem unterdrückten Lachen. »Und was hat jetzt Nina Hagen?«, stellt sie an sich selbst die Frage. Achselzucken bei Mechthild und mir.

»Willst du nicht mit uns über deinen Gefühlsausbruch reden? Du weißt, das tut gut und hilft«, wage ich sie vorsichtig von der Seite anzusprechen.

»Ja. Auch. Aber jetzt habe ich erst einmal tierischen Hunger und menschlichen Durst. Ihr auch?«

Als Christine dies sagt, bemerke ich meine trockene Kehle und ein leichtes Knurren im Magen. Kein Wunder, es ist nach sechzehn Uhr. Seit dem Frühstück haben wir drei uns nichts mehr einverleibt. Christine steigt aus, reißt die hintere Tür auf der Fahrerseite auf und durchwühlt das Häufchen auf der Rückbank neben Mechthild.

»Was suchst du denn jetzt schon wieder? Hast du etwa neben deinem Schlagstock hier vorne noch eine Pistole da versteckt, oder was ist das da?«, fragt Mechthild.

»Ooooh, das sind alles Dinge von Jost.« Sie hält ein leeres Pistolenhalfter in die Luft.

»Ich fass es nicht. Dein Herr Polizist versteckt so etwas in deinem Auto.«

»Gelegentlich fährt er mit meinem Wagen zur Dienststelle. Der Schlagstock ist meine Lebensversicherung, wenn ich nachts mit dem Auto unterwegs bin«, ist Christines erklärende Antwort. Zwischen Decke, Hundekräckern, Halfter, Feuerzeug und Sonnenbrille findet sie endlich das Gesuchte.

Eine ganze Menge in Frischhaltefolie eingepackte Cocktailtomaten hält sie in den Händen.

»In der Not frisst der Teufel auch …«, mit gesenktem Blick auf die roten, etwas matschigen Dinger, »Tomaten«, sagt sie grinsend.

»Dazu kann ich noch etwas beisteuern.«

Mechthild, die wie ich auch inzwischen ausgestiegen ist, öffnet den Kofferraum. Jetzt geht die Sucherei von vorne los, denke ich. Aber sie hat in Windeseile ihren Kosmetikkoffer geöffnet und winkt mit drei Piccolo Prosecco. Dann zieht sie noch das kleine Päckchen hervor, das Schwester Antonia ihr zugesteckt hat.

»Nun wird ganz fürstlich auf der Motorhaube gespeist. Aus Wasser habe ich soeben Wein, besser Sekt, gemacht und den Leib Christi zu Brot«, sagt sie schelmisch und legt gleichzeitig ein großes weißes Badehandtuch aufs Auto.

»Die Tafel ist gedeckt«, sagen wir drei gleichzeitig. »Diese Kombination aus Tomaten, Hostien und Prosecco gibt es eben nur bei uns verrückten Mädels.«

Ich verzichte mit Zustimmung der beiden auf den Prosecco und werde nach dem Mahl Christines Wagen fahren. Eine von uns muss ja einen klaren Kopf behalten. Schließlich entfaltet der Sekt ohne große Unterlage bekanntlich schnell seine Wirkung. Die beiden packen die drei Fläschchen auch alleine.

Wieder im Auto, bohrt Mechthild Christine an. Sie soll nun erzählen, was sie so bewegt. Meine Gedanken kreisen um Chrisis Ausbruch, aber auch um das von Tante Anna Erfahrene. Gleichzeitig muss ich mich nun auf den dichter werdenden Autobahnverkehr konzentrieren.

»Ich will wie Tante Anna Nonne werden.«

»Spinnst du? Hat sie dich bekehrt?«

»Nein, nur sehr stark bewegt und mich auf die Idee gebracht, zu mir selbst zu finden.«

»Das kannst du doch auch bei uns.«

»Ich bin immer nur Prellbock für meine Familie«, beginnt Christine ihren Monolog. »Ich muss stets Streit von Betty und Rosy schlichten, dreimal am Tag mit Sam spazieren gehen und mir dann noch die schlimmsten Kriminalfälle von Jost anhören. Keiner denkt mal an mich. Wie ich mich dabei fühle. Ich bin es leid, bei Josts Mord und Totschlag diejenige zu sein, die ihn wieder aufbaut. Dafür gibt es doch gute Psychologen. Liebeskummer, Klamottenfragen und ständiger Besuch der Kinder zehren an mir. Anna bleibt davon verschont. Sie hat es gut. Sie hat ihren Frieden in der Kirche. Sie braucht sich um ihren täglichen Lebensunterhalt, um Kleidung – und ich glaube, auch um die Gesundheit – keine Sorgen zu machen. Alles unterliegt im Kloster strengen Regeln. Diese machen auch Sinn. Findet ihr nicht?«

Christine erwartet von uns keine Antwort.

»Anna geht ganz in ihrem Glauben auf«, fügt sie hinzu.

Nur das Motorengeräusch des Wagens ist zu hören. Es dauert eine Weile, bis ich ihre Worte verdaut habe.

»Jetzt hol mal ganz tief Luft und dann hörst du mir mal gut zu«, befehle ich ihr mit ernster Stimme. »Du hast zwei gut erzogene, liebe, hübsche und intelligente, wie erwachsene Töchter. Einen Ehemann, der euch drei liebt, euch umsorgt, dir den einen oder anderen Wunsch erfüllt und der gut verdient. Dass sein Job nicht leicht ist, weiß er selbst und deshalb sucht er die Nähe zu dir. Sieh das mal aus diesem Blickwinkel. Anna hat das nicht, hätte aber bestimmt nichts gegen eigene Familienprobleme statt der ihr fremder Leute irgendwo in einer Beratungsstelle. Der Hund tut dir gut. Er sorgt für deine tägliche Fitness. Willst du auf das alles und so manch andere angenehme Dinge des Lebens verzichten? Ich kenne dich gut genug. Du lebst viel zu gerne in unserer Welt und der eurer gemeinsamen Freunde. Du bist nicht der Typ, der seinen Mittelpunkt verlässt. Wenn du ehrlich zu dir bist, bedeutet Jost dir sehr viel und du bist nicht bereit, auf seine Liebe und seine Zärtlichkeiten zu verzichten.«

Diese Worte schlagen bei Christine ein. Sie sitzt mit zusammengepressten Lippen neben mir und stiert nach vorne auf die Straße. Erwürgt sie mich gleich?, denke ich.

»Mechthild, hat Jula recht?«, fragt sie nach hinten.

»Sie hat«, kommt die kurze Antwort.

»Dann will ich heute Abend guten Sex haben. Den hat Anna bestimmt nicht«, schießt Chrisi raus. Wir lachen uns in gewohnter Form die Seele aus dem Bauch.

Die CD aus dem Handschuhfach spielt bis nach Hause laut alte Maffay-Hits ab. Wir drei singen zwar falsch, dafür aber sehr laut mit.

Um ein Haar verpasse ich die Ausfahrt Saarbrücken-Hammerberg.

Dreizehntes Kapitel

Mechthild springt aus dem Auto, schnappt sich ihren Kosmetikkoffer mit dem passenden Zusatzköfferchen und verabschiedet sich in gewohnt herzlicher Weise von uns. Wir werden ihren Geburtstag in drei Wochen gebührend feiern.

Christine lenkt ihr Vehikel wieder selbst. Wir plaudern so dahin, bis sie mich fragt, ob ich mich an unsere Großeltern erinnern kann. Sie habe nur eine düstere Erinnerung an Opa Karl. Er habe einmal in der Woche seine Tochter, also Christines Mutter, besucht, habe Wäsche zum Reinigen gebracht und sei mit den beiden Enkelkindern, Thomas und ihr spazieren gegangen. Ab und zu habe er Schokoriegel mitgebracht.

»An Oma Elly kann ich mich nur erinnern, dass sie ständig ihr Herz festgehalten hat, kaum Luft bekam und stets bunte Limonade für mich hinter dem Kühlschrank im Flur bereithielt. Sie ist kurz vor unserem Umzug, raus aus der Stadt aufs ›Hinterland‹, gestorben«, schildere ich. »Sie war sehr zierlich und unheimlich lieb. Hier hatten Opa und Oma einen Schrebergarten.« Ich zeige nach rechts zur Saar runter. »Na hier, genau hinter der Eisenbahnbrücke. Als damals Anfang der sechziger Jahren die Stadtautobahn, auf der wir jetzt fahren, gebaut wurde, mussten sie den Garten abtreten. Er fiel dem Bau der Straße zum Opfer. Ich weiß nur noch, dass es dort viele Beerensträucher gab und wir jede Menge Marmelade von Oma bekamen. Über den Fußgängerweg der Eisenbahnbrücke hat Mama meinen Kinderwagen geschoben. Wenn ein Zug über unseren Köpfen fuhr, schrie ich jedes Mal wie am Spieß. Das Knattern, Pfeifen und Quietschen der Räder habe ich heute noch in den Ohren. Opa Karl hat die Oma immer ›mein Hörnchen‹ genannt. Wahrscheinlich weil ihr Mädchenname *Horn* war.«

»Ach wie lieb. Hast du Fotos von Oma?«

»In Papas Fotoalben. Wenn du willst, zeige ich sie dir morgen. Du wirst eine verblüffende Ähnlichkeit mit deiner Mutter und mir feststellen. Wir haben die gleichen Gesichtszüge und Augen. Zumindest auf den einstigen Bildern. Wie deine Mutter heute aussieht, weiß ich nicht.«

»Ich auch nicht. Wir haben keinen wirklich guten Kontakt mehr.«

Es herrscht auf Christines letzte Worte tiefe Stille. Nur das Motorengeräusch ist wahrzunehmen. Ähnlich wie heute Nachmittag. Ich habe Bedenken, dass Chrisi wieder einen Koller bekommt, und fange schnell ein neues Gespräch an.

»Zu besonderen Anlässen hat Oma Elly immer den runden Tisch mit einer selbst gehäkelten weißen Decke geschmückt. Rundum als Saum waren kleine, circa fünfzehn Zentimeter lange, zu Zöpfen gebundene Fäden. Es machte mir einen Mordsspaß, sie zu verheddern. Die Schelte war vorprogrammiert. Willst du die Decke haben?«

Das ist genau die richtige Frage. Christine hat damit nicht gerechnet.

»Ja, klar, wenn du sie entbehren kannst.«

»Ich würde sie dir sonst nicht anbieten. Erstens habe ich, wie du weißt, keinen runden Tisch und zweitens soll sie eine Erinnerung an Opa und Oma sein. Die Decke geht ja nicht verloren, sie wechselt nur den Besitzer. Vielleicht wollen Betty oder Rosy sie ja mal von dir als Erinnerung an ihre Urgroßeltern erben? Sonst habe ich auch nichts.«

Sie nickt nur, stellt aber dann die Frage, über die sie wohl die ganze Zeit gegrübelt hat:

»Meinst du, der braune Koffer, den Sofie und Anna an Weihnachten 1945 bekommen haben, birgt wirklich das Geheimnis um unsere Amulette? Ich kann mir das nicht vorstellen. Was soll das für ein Schmuck sein, den Anna angedeutet hat? Gesetzt den Fall, Mechthild findet alles, sollte man ihn dann nicht bei *Krempel und Kunst* schätzen lassen?«

»Jetzt warte erst einmal ab, ob er überhaupt

auftaucht.«

Just in diesem Moment klingelt und vibriert mein Handy in der Gesäßtasche. Etwas umständlich ziehe ich es auf dem beengten Vordersitz hervor. Auf dem Display erkenne ich Mechthild als Anruferin.

Ich hebe ab.

»Bist du schon zu Hause?«

»Nein, aber gleich in unserem Hof.«

»Rüdiger hat das Köfferchen gefunden.«

Ich stelle das Telefon auf Lautsprecher, sodass Christine mithören kann.

»Ja, er hat ihn auf dem Dachboden des Anbaus gefunden. Versteckt in einem anderen alten Koffer.«

»Und was meint deine Mutter dazu?«

»Ich hatte noch keine Gelegenheit, mit ihr zu sprechen. Der Pflegedienst ist gerade da.«

»Hast du wenigstens mal reingeschaut?«

»Nein, er ist abgeschlossen. Schlüssel sind nicht dabei. Aber er ist sehr schwer und es rappelt, als wenn eine Holzkiste gegen Metall und Papier reibt. Jetzt seid ihr sprachlos. Ich höre nichts mehr von euch. Hallo?«

»Doch, doch, wir sind noch dran. Wir stehen gerade bei uns im Hof. Mein Vorschlag für heute ist, dass wir jetzt erst einmal überglücklich sein müssen, den Schatz gefunden zu haben. Warten aber doch lieber bis zu deinem Geburtstag. Dann kommt Tante Anna dich besuchen, wir natürlich auch, und der ganze Inhalt des Koffers wird auf den Tisch gelegt. Anna hat versprochen, unser Rätsel um die Herkunft des Schmuckes zu lösen.«

»Jula, du hast ja vollkommen recht. Aber Mama frage ich morgen trotzdem danach. Ich wollte euch nur die gute Nachricht übergeben. Tschüss bis morgen und habt guten S...«

Ich lege schnell auf, da ich weiß, was sie sagen will.

Vierzehntes Kapitel

An der Terrassentür klopft es energisch. Ich quä-
le mich vom Sofa runter Richtung Tür. Vor mir
steht Christine und fuchtelt mit den Armen.

»Mach auf, ich muss mit dir reden.«

Per Handzeichen gebe ich ihr zu verstehen,
dass sie an die Haustür kommen soll.

»Warum ist die Klingel zugeklebt? Hast du
Migräne und willst keinen hören, geschweige
denn sehen? Du gehst weder ans Handy noch ans
Festnetz«, donnert Christine los, sobald ich die
Tür aufgemacht habe.

Sie hält den Hund an der Leine.

»Psst, nicht so laut, du weckst mir Naddy auf.
Heute ist doch Omatag. Ich habe ihn schon den
ganzen Tag und bin jetzt froh, dass er endlich mal
sein Mittagsschläfchen macht. Es ist fünfzehn
Uhr und ich bin fix und alle. Aber komm rein.
Ich mache uns Kaffee. Sam bleibt draußen, ich
weiß nicht, wie das Baby auf den Riesenboxer reagiert. Binde ihn am Zaunpfosten fest.«

Christine wehrt ab.

»Nein, ich gehe zurück zur Terrasse. Wir können uns auch bestimmt dort aufhalten. Sam legt sich unter meinen Stuhl und schläft bestimmt. Wir sind das ganze Stück von uns bis hierher gelaufen.«

»Schön, aber willst du für dich und den Hund nicht erst einmal etwas Kühles zur Erfrischung?«

»Ja, ich geh mal wieder ums Haus rum.«

In diesem Moment höre ich das Brabbeln von Naddy. Wir waren doch zu laut. Zuerst öffne ich noch einmal die Terrassentür, kurbele die Markise raus und lege die Polster auf die Stühle. Dann hole ich meinen Enkel aus dem Bettchen. Er ist fünfzehn Monate alt und unser aller Sonnenschein. Die blonden Haare sind ganz verschwitzt. Wie nach jedem Schläfchen braucht er erst noch einige Minuten der innigen Zuwendung. Auf dem Arm gehalten, liebt er das zarte Streicheln über den Hinterkopf und Rücken. Erst danach lässt sich das Kind frisch und die Welt wieder unsicher machen. Das Ganze dauert.

Chrisi steckt den Kopf durch die Tür des alten Kinderzimmers unseres Sohnes. »Da ist ja der kleine Mann. Komm, lass mich ihn anziehen, und dann holen wir ihn mit auf die Terrasse.«

Mit seinen großen blauen Augen verfolgt Naddy, wie Christine ihn mit geübten Händen in kurze Hose, T-Shirt, Söckchen, Sandälchen und Südwesterhütchen steckt. Ich beeile mich in der Zwischenzeit, die Kaffeemaschine anzuwerfen,

Wasser für den Hund und kühlen Sprudel für Christine zu holen.

Christine und Naddy spielen mit Sam. Erstaunlicherweise hat das Kind keine Angst vor dem Wauwau.

»Was willst du mir denn Wichtiges sagen?«, eröffne ich das Gespräch.

»Mechthild hat mich heute Mittag gegen dreizehn Uhr angerufen. Dich hat sie nicht erreicht. Du gehst ja nicht ans Telefon. Sie hat heute beim Frühstück mit Sofie reden können.«

»Wie jetzt?«

»Ja, die beiden waren alleine und Sofie gut drauf, wie Mechthild berichtet. Sie hat die Gelegenheit wahrgenommen und behutsam nach den Geschehnissen im Krieg gefragt. Sie hatte recht. Ihre Mutter erinnert sich an die alte Zeit und bestätigt die Schilderungen von Tante Anna.«

»Das ist jetzt nicht wahr!«

»Doch, sie kann sich auch wieder an den Koffer und an Weihnachten 1945 erinnern. Aber nur wenn Mechthild ihr einige Stichwörter präsentiert. Den Inhalt haben sie noch nicht gemeinsam gesichtet. Das will Mechthild nicht ohne uns und Anna tun. Sofie ist wie ausgewechselt, sagt sie; wie lange das anhält, wagt sie nicht zu denken. Aber, wir sollen morgen gegen zwei vorbeikommen, denn Sofie will uns noch mehr erzählen. Schaffst du das? Hast du morgen auch Naddy?«

»Nur montags, morgen ist die andere Oma dran. Und wie du weißt, fahren wir übermorgen mit Petra und Michael für zehn Tage in deren Ferienhaus in der Provence.«

»Das heißt, ihr seid an deinem Geburtstag am Samstag gar nicht im Lande.«

»Zu Mechthilds Ehrentag sind wir aber wieder zurück. Ich bin doch so gespannt, was das ominöse Köfferchen beinhaltet. Es wird nur gemeinsam begutachtet. Morgen früh komme ich selbstverständlich mit, dann packe ich die Koffer nachher schon mal vor und morgen Nachmittag den Rest. Hubert lädt das Auto.«

Wir trinken den Kaffee und spielen mit dem Baby, bis meine Schwiegertochter den Kleinen abholt. Dann erst gehen wir zu unserer Tagesordnung über. An Kofferpacken ist nicht mehr zu denken. Prosecco zu trinken ist ein viel schöneres Vergnügen. Christines Vorteil ist heute, dass sie zu Fuß hier ist und sie ihren Schwips, bis sie zu Hause ist, wieder abgebaut hat.

Beim Abschied frage ich Christine, ob zu Hause, nach den gestrigen Andeutungen, alles in Butter ist. Sie nickt, sie grinst, sie schaut unter sich und sagt: »Jaaaa, alles in Butter. Wir hatten gestern noch guten …«

Ich drehe mich abwinkend um: »Morgen halb zehn hole ich dich ab.«

Fünfzehntes Kapitel

Pünktlich zehn Uhr stehen wir vor Bochs Tür in Saarbrücken, Stadtteil Hammerberg.

Mechthild hat auf der Terrasse mit dem großen Sonnensegel und den vielen Blumenkübeln ein »zweites Frühstück« aufgebaut. Dort sitzen wir, die Hausherrin, Christine, Tante Sofie und ich. Trotz der warmen Temperatur hat Sofie eine leichte Decke über den Knien liegen. Sie wirkt heute total verändert. Gar nicht abwesend, und sie weiß sogar bei der Begrüßung ausnahmsweise, wer wir, Christine und ich, sind.

»Du bist die Tochter von Paul Rudolf Schink und Johanna Lauer. Beide sind tot. Oder bin ich jetzt wirr? Und du bist die Christine. Du hast einen jüngeren Bruder, den Thomas. Deine Mutter heißt *Helga* und ist die Schwester von Paul Rudolf. Lasst mich mal kurz überlegen, ja, richtig, der Rainer, *Rainer Kaiser*, so heißt dein Papa.«

Es ist nicht zu glauben, dass sie sich an die Namen erinnern kann. Mechthild wagt zu fragen: »Weißt du noch, wie deine Eltern hießen und wann sie geboren wurden?«

Sofie kneift die Augen hinter ihrer etwas abgetönten Brille zusammen, legt die geballte rechte Faust ans Knie und denkt einen Moment nach.

»Ich bin am zehnten Oktober 1931, wie wir alle als Hausgeburt, geboren. Papa am vierzehnten Juni 1900 und unsere Mama am gleichen Tag, nur vier Jahre später. Gestorben sind die beiden auch am gleichen Tag. An diesem unvergesslichen fünften Oktober 1944. Bomben, nichts als Bomben, dröhnende Motoren, der Bunker zittert, es stinkt nach Schweiß, nach Dreck und Tod. Und wir mittendrin.«

Sofie hält sich die Ohren zu. »Wir hatten es gerade noch geschafft, dann verschloss man die Tür mit dem Riegel auf der Innenseite. Wir, Onkel Karl, Tante Elly, Anna, Paul und ich. Mama und Cousin Otto waren in der Heusweilerstraße zurückgeblieben. Sie wollten unser Hab und Gut, Haus und Hof nicht im Stich lassen. Der Keller sollte ihnen Sicherheit geben. Papa war im Dienst.«

»Was weißt du noch, Mutti?«

»Mein Kind, hole mir erst mal Wasser. Ich habe schon eine ganz trockene Kehle von dem Erzählen und der Hitze.«

Mechthild lässt den Arm, den sie die ganze Zeit behutsam gestreichelt hat, abrupt los und springt in die Küche.

»Dieser fünfte Oktober hat unser Leben total

aus der Bahn geworfen.«

Tante Sofie erzählt uns in atemberaubender Weise von der Kriegsnacht 1944, von der ersten Zeit danach und vom Wiederaufbau. Sie berichtet uns aber auch von der Nacht vom neunundzwanzigsten auf den dreißigsten Juli 1942, von der Anna kein Wort erwähnt hat. Sie hatten Glück gehabt. Das Anwesen blieb von dem Bombenhagel, der über Saarbrücken niederging, verschont. Der Angriff galt dem Bahnhof, der Innenstadt und dem Staatstheater, welches 1935 erst als »Geschenk des Führers« eingeweiht worden war. Lediglich zwei Straßenzüge weiter waren die Häuser ein Raub der Flammen. Die Schinks leisteten ihren Beitrag zu einem fast normalen Leben, versuchten jedoch das wahre Elend vor den Kindern zu verbergen. 1940, in der Zeit, als die ersten aus Saarbrücken flohen, um sich in Sicherheit in den Hochwald, nach Thüringen und Bayern zu bringen, gab es für die Großfamilie keine Diskussion. Sie blieben ihrem Zuhause treu und verzichteten auf vieles.

Sofie beschreibt die Tischlerei, die bereits der Großvater Paul Konrad Schink 1898 ins Leben gerufen hatte. Er war zusammen mit seiner Frau Gerda Schütz aus Hausbach nach Saarbrücken ausgewandert, von der Hoffnung getragen, dort Arbeit zu finden. Das Tischlerhandwerk hatte er schon mit vierzehn Jahren erlernt. Gerda war eine hübsche und reiche Bauerstochter.

»Woher weißt du das alles, und du erinnerst dich da ausgerechnet jetzt dran?«, stellt Mechthild mit großen Augen die Frage an Sofie.

Arg betroffen, fast schon ertappt, blickt die alte Dame in die Runde.

»Die Erinnerungen an den Krieg lassen viele Bilder im Kopf ablaufen, die ich entweder verdrängt oder wirklich vergessen habe. Seid mir deswegen nicht böse. Wollt ihr noch mehr wissen, dann erzähle ich weiter. Es kann sein, dass ich vielleicht mal den Faden verliere. Sagt es mir einfach.«

Wir drei sind sprachlos, trinken erst mal einen Schluck, bis ich Sofie das Stichwort »Tischlerei« gebe.

»Die beiden Großeltern haben von ihren Ersparnissen und mit geliehenem Geld den kleinen Hof in der Heusweilerstraße erstanden. Aus dem Schweinestall wurde die Schreinerei.«

»Das war die Schreinerei, in der mein Vater und Opa Karl ein Leben lang gearbeitet haben«, bemerke ich dazwischen. »Erst als wir von Saarbrücken weggezogen sind, und Opa in den Ruhestand ging, haben sie das gesamte Anwesen verkauft. Als Kind, ich war vielleicht drei oder vier, durfte ich dort oft mit dem Sägemehl und den Holzresten spielen.«

»Das kleine Haus wurde mit den Geburten

von Karl und Paul Robert voll. Sie haben den hinteren Teil angebaut. Er bot später Platz für die Familien der beiden Söhne. Wir wohnten alle zusammen. Das war schön. Auch nach den Kriegswirren und Wiederaufbau blieb es bis zur Heirat mein Zuhause.«

Es folgt eine Pause. Das nächste Stichwort, diesmal von Christine, lautet: »Geburtsdaten deiner Großeltern väterlicherseits.«

Sofie scheint etwas überfordert zu sein. Es dauert eine Weile, dann legt sie die alten, zittrigen Hände auf meinen linken Arm.

»Wenn ich mich richtig erinnere, müssten die so um 1872 bis 1875 geboren sein. Genau kann ich es nicht sagen. Ich glaube, Papa wusste selbst nicht genau, wann seine und Onkel Karls Eltern geboren waren.«

»Du weißt das über die Vorfahren von deinem Vater?«, frage ich mit zugekniffenen Augen.

»Ja, er erzählte mir viel von ganz früher, als ich gerade erst zur Schule ging. Anna weiß das bestimmt nicht. Sie war damals noch gar nicht geboren.«

Wieder folgt eine Pause.

»Ach Anna, was sie wohl macht?«

Zum ersten Mal wird ihr bewusst, dass sie soeben ihre Schwester erwähnt hat.

Ich nehme die Frage als Aufforderung, ihr von unserem Besuch im Kloster zu berichten. Ich erzähle aber nichts von Lutz und Ingobert. Das soll Tante Anna lieber selbst tun.

Den Gang ins Benediktinerkloster hat Sofie ganz vergessen.

Der Vormittag ist vorüber. Die Uhr zeigt halb eins.

»Sorry, aber ich muss nach Hause, Koffer und Auto packen. Wir fahren morgen in die Provence«, sage ich im Aufstehen.

»Tante Sofie, weißt du nun, was in dem Köfferchen ist?«, will Christine noch beim Abschied wissen.

»Papiere, Bilder, Ahnenzeugs und eine Schatulle mit Schmuck, soviel ich weiß«, antwortet sie.

»Den«, Mechthild zeigt nun mit dem Finger auf das braune, schäbige Teil, das ich zwar bemerkt hatte, über das zu sprechen ich aber keine Gelegenheit fand. »Den öffnen wir an meinem Geburtstag, wenn alle kommen. So lange bleibt die Spannung um das Familiengeheimnis.«

Sechzehntes Kapitel

Zweieinhalb Wochen später. Wir sind aus unserem Urlaub wohlbehalten zurück.

Halb elf. Im unserem Hof hupt es dreimal. Es ist das verabredete Zeichen, dass Christine mich abholt. Gemeinsam wollen wir zu Mechthilds Geburtstag fahren. Mein Auto ist zur Inspektion in der Werkstatt und Hubert braucht seinen Wagen, um ausgerechnet heute zum Klassentreffen zu fahren. Jost, Christines Mann, übernimmt heute den Spätdienst.

Ich stürme raus. Vor mir steht ein metallicblauer Van, den ich nicht kenne. An dem Wagen lehnen Christine und Betty – oder ist es Rosy? Ich kann die Zwillinge nicht auseinanderhalten.

»Beeil dich, es ist schon spät. Die Kinder wollen noch auf Tour kommen«, sagt Christine und klatscht in die Hände. Da erst merke ich, dass der Bus voll besetzt ist. Zwei junge Pärchen sitzen vorne und in der Mitte. Christine deutet mir an, mich zu ihr nach ganz hinten auf die zweite Rückbank zu setzen. Etwas ungeschickt mit dem riesigen Präsentkorb aus dem Bioladen im Arm steige ich ein. Wir wollen ihn Mechthild gemeinsam übergeben.

Christines Mädels haben ihre Freunde mit an Bord. Die begrüßen mich wie eine alte Bekannte. »Hallo, Frau Langhirt, steigen Sie ein, der Wagen ist geheizt.«

Im ersten Moment denke ich mir meinen Teil zu dem Spruch. Dann fragt mich einer der beiden Männer: »Sie erkennen uns nicht mehr?« Meine hochgezogenen Augenbrauen verraten es. »Wir sind die Burkhard-Zwillinge. Björn und Dirk, die mit ihrem Sohn zusammen den Kindergarten und die Grundschule besucht haben.«

Richtig, ich erinnere mich. Das liegt mehr als zwanzig Jahre zurück. Die schüchternen Buben von damals, die man, genau wie Betty und Rosy, nicht auseinanderhalten konnte, sind zu jungen Männern gereift. Ich frage während der Fahrt nach Saarbrücken neugierig nach ihren Eltern und nach ihrem Werdegang. In gelockerter Form geben sie abwechselnd preis, was mich interessiert. Ich finde es fantastisch, dass die Zwillinge paarweise zueinandergefunden haben. Christine darf stolz auf ihre erwachsenen Töchter sein. Wer wer ist, kapiere ich zwar nicht, aber eines ist sicher: Die vier möchten mit dem Familienauto der Burkhards an die Ardeche zum Zelten fahren.

Chrisi nutzt die Gelegenheit als Fahrdienst, damit wir einen feuchtfröhlichen Geburtstag feiern können. Für den Heimweg überlegen wir uns noch etwas.

Das Boch'sche Anwesen auf dem Hammerberg liegt etwas abseits des Nobelviertels, mit Blick über ganz Saarbrücken. Es ist ein Erbstück aus Rüdigers Familie und deshalb auch zum Teil noch mit Antiquitäten ausgestattet. Da beide, Mechthild und ihr Mann, es verstehen, sich schön und gemütlich einzurichten, haben sie das Alte mit modernen Designermöbeln und gewissen Umbauten interessant gemacht. Ich bin bei jedem Besuch aufs Neue fasziniert.

Die jungen Leute schmeißen uns vor der Einfahrt schnell aus dem Wagen. Mechthild und ich schaffen es gerade noch, den schweren Fresskorb nebst unseren Bündeltaschen zur Haustür zu tragen. Heute, am zwanzigsten August, ist es morgens schon sehr heiß. Laut Wetterbericht soll es der heißeste Tag des Jahres werden. Wir sind sehr sommerlich-luftig bekleidet.

Gerade als Christine auf den alten bronzefarbenen Klingelknopf drücken will, öffnet sich die Tür wie von selbst.

»Ich habe euch von der Terrasse aus kommen sehen«, empfängt uns das Geburtstagskind. Die Begrüßung mitsamt den Glückwünschen ist sehr herzlich. Wir gehen sogleich durch das kühle Entree zur großen Terrasse. Dort erwartet uns, auf ihrem Rollator sitzend, Tante Sofie. Im ersten Moment hat sie Schwierigkeiten mit der Zuordnung, wer wir sind. Ich bin leicht geschockt und frage mich, wie Mechthild mit der zunehmenden Demenz ihrer Mutter zurechtkommen wird. Ohne fremde Hilfe wahrlich nicht. Christine klärt die alte Dame mit schmeichelnden Worten auf, bis sie den Verwandtschaftsgrad leise wiederholt. Eher für sich als für uns. Die sonst so perfekte Gastgeberin reicht uns Fruchtsaft mit Eiswürfeln. Wir haben eigentlich Champagner erwartet.

»Wo ist Rüdiger?«, fragt Christine, während sie den betagten Münsterländer Jagdhund ›Falko‹ am Kopf krault.

»Der holt noch Besuch vom Bahnhof ab.«

Sie wird von Sofie unterbrochen: »Da kommt ein kleiner grauer Wagen direkt die Einfahrt hochgefahren. Das ist unverschämt.«

Es ist ein lichter Augenblick in ihrem Kopf. Anders kann ich ihr Verhalten nicht erklären.

»Mama, das ist Besuch.«

Christine und ich sind von Neugierde geplagt. Wir recken die Köpfe nach dem Auto und der Person, die dort aussteigt.

»Der ist ja ganz dunkel angezogen. Was ist denn passiert? Wer ist denn das? Kenne ich den?«, fragt Tante Sofie uns.

»Den? Den kennt keiner«, antworte ich zögerlich.

Mir ist inzwischen klar geworden, wer diese

Person ist. Das Auto trägt ein ›HD‹-Kennzeichen und auf der Tür steht *Abtei Altberg – die Efeugärtnerei* und eine Telefonnummer. Wie sollen wir, Christine und ich, uns nun verhalten? Wir wollen Tante Sofie nicht unvermittelt über den Tatbestand aufklären, dass diese Person ihr Neffe ist.

Nein, besser, wir überlassen das Mechthild oder Tante Anna. Wo ist die überhaupt? Den Gedanken kann ich nicht zu Ende führen. Rüdigers Geländewagen fährt neben den grauen Caddy.

Mechthild steht nun in der Einfahrt und begrüßt ihre Gäste. Büsche verdecken die Personen. Wir, Christine, Tante Sofie und ich, hören nur die Stimmen. Herzliche Worte fallen. Wir schnappen Wortfetzen auf wie: »Wir haben uns ja eine halbe Ewigkeit nicht gesehen«, »alt geworden«, »Sommerhitze«, »Kloster«, »ein besonderer Gast«, »vorstellen« und »Wir müssen über vieles reden«.

Einfach aufstehen und in die Empfangshalle gehen ist jetzt sicherlich nicht angebracht, überlege ich und sage: »Wir drei bleiben hier und warten ab. Die werden schon zu uns kommen.«

Um die Zeit zu überbrücken und aus Taktik Sofie gegenüber, streicheln Christine und ich jeder eine Hand von ihr. Sie ist ganz irritiert. Behutsam beginnt Chrisi ein belangloses Gespräch mit ihr. Plötzlich möchte Sofie sich von dem Sitz ihres Rollis erheben. Offensichtlich hört sie Christine gar nicht zu, sondern ist mit den Neuankömmlingen beschäftigt.

Ich tuschele Cousinchen zu: »Das können wir nicht verantworten, dass Tante Sofie in die Begrüßungszeremonie dort draußen reinplatzt.«

Stummes Nicken ist die Antwort. Gleichzeitig klemmen wir die alte Dame unter die Arme, drehen uns um neunzig Grad und gehen ganz langsam, Schritt für Schritt, Richtung Hollywoodschaukel. Von dort hat man die beste Aussicht über die Stadt. Wir gewinnen nicht nur Zeit, sondern versperren Tante Sofie auch den direkten Blick ins Haus. Sie sitzt mit dem Rücken dagegen. Auch wir beide können mehr hören als sehen.

»Habt ihr euch gleich erkannt?«, fragt Mechthild. Eine weibliche Stimme antwortet leise: »Auf den zweiten Blick. So viele Leute werden am Flughafen in Saarbrücken gar nicht abgeholt. Die Maschine war zudem nur knapp zur Hälfte belegt. Ihr habt hier eine Hitze wie bei uns zu Hause.«

Christine springt auf. Die Pflanzen neben ihr halten der schnellen Bewegung nicht stand und fallen unvermittelt um. Sie sprintet ins Haus. »Das gibt's doch gar nicht. Mama, Papa, ihr seid hier!«

Christine liegt ihren Eltern in den Armen. Tränen der Freude fließen. Die Umarmung dauert eine gefühlte Ewigkeit, dann erst stellt Chrisi fest, dass noch mehr Gäste begrüßt werden müssen.

Rüdiger hat ganze Chauffeurarbeit geleistet. Tante Anna wartete am Bahnhof auf ihn. Eine Stunde später fieberten sie gemeinsam dem Flugzeug aus Palma de Mallorca entgegen.

Auf der Rückfahrt nach Hammerberg gab es für alle viel zu erzählen. Mechthild hatte ihre Tante als taktvolle Vermittlerin eingesetzt.

Auf Annas Initiative und Überredung am Telefon haben die Eltern von Christine umgehend den Direktflug für heute gebucht. Sie wollen die Familienfehde begraben und letztlich auch zu gerne wissen, welches Geheimnis sich hinter dem Taufgeschenk ihrer Tochter verbirgt.

Ich lasse Sofie auf der Hollywoodschaukel allein und gehe auch ins Haus. Mein Erscheinen erfreut alle und wir liegen uns ebenfalls in den Armen. Nur der Überraschungsgast hält sich zurück. Er gibt zwar allen brav die Hand, scheint sich aber fehl am Platz fühlen. Ihm zur Hilfe springt das »Ersatzkind« der Bochs. Der Hund umgarnt den Mann und fordert ihn zum Spiel auf. Die Ablenkung ist, dank Rüdigers heimlichen Befehls an den Hund, gelungen. Anna bittet Mechthild um ein kurzes Gespräch unter vier Augen. Es sei ganz wichtig.

Die Hausherrin zeigt erst noch Rainer und Helga ihre Unterkunft für die nächsten drei Tage. Es ist die kleine Einliegerwohnung, deren Eingang gegenüber der Haustür liegt.

Zurück, verschwinden Anna und Mechthild in das für Anna vorbereitete Gästezimmer.

»Ich habe noch keinen blassen Schimmer, wie ich Bruder Ingobert der Familie vorstellen kann«, schießt Tante Anna los, kaum dass die Tür zu ist. »Du, Christine, Rüdiger und Jula seid eingeweiht, aber ich kann unmöglich bei den drei anderen, Helga, Rainer und vor allen Dingen Sofie, mit der Tür ins Haus fallen. Du weißt, was ich meine.«

Mechthild antwortet ebenso leise wie Anna: »Ich habe mir gestern auch schon Gedanken darüber gemacht. Wie man Ingobert vorstellen kann. Und habe mit Rüdiger die eine oder andere Szene abgesprochen. Der Hundeauftritt eben ist eine davon. Der erste Akt ist vorüber. Im zweiten sollen ebenfalls der Hund und sein Herrchen sich um Ingobert kümmern, um dann im dritten Akt dir den Mann zu übergeben.«

Es folgt eine kurze Pause, damit Anna das Gesagte richtig begreift.

»Du solltest künftig in Filmen die Regie führen. Wo bleibt mein Filmkostüm?«, lacht Anna.

»Richtig, ich gebe dir schnell Klamotten von mir. Du schlüpfst wie im Wellnesshotel in die Rolle eines weltlichen Lebens. Bestimmt kannst du dann leichter über dein einstiges Leben reden. Erzähle uns allen beim Brunchen das, was du

Christine und Jula gebeichtet hast. Dann wird es auch Cousin Ingobert einfacher haben, über sich zu reden. Das erwarten bestimmt alle von ihm. Wir spulen die Lebensgeschichten und die damit verbundenen Geheimnisse einfach wie gute Biografien ab. Vieles wird sich dazwischen noch offenbaren. Auch der Inhalt des braunen Köfferchens.«

»Ihr beide seid wirklich klasse. Was darf ich anziehen? Dieser Habit hat für den Aufenthalt in deinem Haus Urlaub. Auf meine Gebete werde ich hingegen nicht verzichten.«

Mechthild hat für ihre Tante schon alles vorbereitet. Sie öffnet den Kleiderschrank. Leichte Sommergarderobe in Annas zierlicher Größe lässt die Wahl schwer werden. Das hellblaue Kleid ist ihr Favorit, dazu wählt sie leichte Sandaletten ohne Strümpfe.

Rüdiger und Falko bestimmen den parallel laufenden zweiten Akt. Im hinteren Garten hört man die beiden Männer dem Hund Kommandos geben.

Christines Eltern nehmen den Fremden, um den sich Rüdiger kümmert, nicht groß zur Kenntnis, zumal er als Freund des Hauses vorgestellt wird.

Anna und Mechthild kommen gleichzeitig mit Christines Eltern zurück in die Eingangshalle. Dort haben Christine und ich die Aufgabe der

Hausherren übernommen. Wir gewähren dem Cateringservice Einlass. Routiniert baut das Team auf der überdachten Veranda, die auf der Westseite der Villa liegt, das bestellte Brunchbuffet auf. Bequeme Korbsessel und die bereits eingedeckte Tafel geben ein mediterranes Flair ab.

Helga und Rainer machen große Augen, als sie Anna sehen. Wieder einmal ist ihr mit den kurzen, offenen grauen Haaren, dem Tausch der Brille und dem sommerlichen blauen Kleid die Verwandlung perfekt gelungen. Auf dem Weg zur Terrasse klärt Anna die beiden auf, dass sie heute als Privatperson einen Familienbesuch abstattet. Dabei sei es ihr erlaubt, den Habit gegen Straßenkleider zu tauschen.

Auf der Terrasse wartet immer noch Tante Sofie.

»Sofie, hallo Sofie, wie geht es dir?«, fragt Helga unvermittelt, als sie sie sieht. Tante Sofie erkennt sie nicht. Mechthild umarmt ihre Mutter und versucht ihr mit geschmeidigen Worten zu erklären, dass es Helga und Rainer aus Mallorca sind. Die Eltern von Christine. Sofie beißt sich auf die Lippen. Sie denkt angestrengt nach. Dann versuche ich ihr mit der bewährten Stichwort-Methode zu helfen.

»Onkel Karl, Tante Elly.«

»Die sind doch jetzt bestimmt auch tot, wie Mama und Papa«, bibbert sie.

»Ja, das sind sie. Paul, der Sohn von Karl und Elly, ist auch verstorben. Das weißt du.«

Sie nickt langsam. »Paul ist auch tot?«

»Hier vor dir steht Helga. Die kleine Schwester von Paul.«

»Meine kleine Schwester.« Sie schaut Helga an und wechselt dann zu Anna.

Schnell springt Anna bei und umarmt ihre Schwester mit Tränen in den Augen. Sie summt leise ein Wiegenlied.

»Anna, Anna, ich erkenne dich. Warte mal kurz.«

Helga summt jetzt auch mit.

»Das haben wir als Kinder gesungen, ja, jetzt weiß ich es. Als Helga geboren wurde. Ja, Helga, meine kleine Cousine, und zuvor hat Mama das Lied bei Anna gesummt. Ihr seid hier?«

»Ja, ja, wir sind beide hier, Sofie, meine große Schwester«, sagt Anna und hat mit Helga zusammen leuchtende, hoffnungsvolle Augen.

Gemeinsam versuchen die beiden Baustein für Baustein die Erinnerungslücke zu schließen, indem sie alte Geschichten aus Kinder- und Jugendtagen von sich geben.

Mechthild und ich lassen die vier alleine und gehen zu Christine, die noch auf der Veranda ist und die letzten vom Catering vorgekühlte Getränke im Eiswasser verschwinden lässt. Als sie uns sieht, winkt sie, dass wir kurz reden müssen.

Leise, fast flüsternd sagt sie: »Die Tarnung ›Freund des Hauses‹ ist doch super, aber wie lange geht die Geheimniskrämerei gut?«

»So lange, bis Tante Anna über ihren eigenen Schatten springt und bereit ist, über sich selbst zu sprechen. Ich habe das Gefühl, dass sie von viel unerfüllter Liebe, von Eifersucht auf intakte Familien und vom Glauben an Gott geprägt ist«, sage ich ganz zart.

Christine legt den Kopf leicht zur Seite und sagt etwas, das Mechthild und mir die Sprache verschlägt:

»Der Ingobert sieht doch gar nicht aus wie ein Mönch. Er ist gut gebaut, fast durchtrainiert. Würde er das grau-schwarz karierte Hemd ausziehen, sähe er in dem weißen T-Shirt, das er drunter trägt, noch attraktiver aus. Das kurze, leicht ergraute Haar, der Dreitagebart und die Brille mit dem dunklen Rand stehen ihm gut. Die dunklen Augen und wie er mir die Hand zur Begrüßung gedrückt hat, lassen mein Herz höher schlagen.«

»Bist du jetzt ganz von Sinnen? Willst du damit sagen, dass du Gefallen an ihm findest?« Mechthild hebt mahnend den Zeigefinger. »Cousinchen, komm von deiner Wolke runter. Das ist ein Mann Gottes, den darfst du nicht anfassen. Außerdem würde ich sagen, dass er deinem Jost sehr ähnlich sieht.«

»Jost hat blaugraue Augen, außerdem darf ich

euch das sagen.«

Ganz unrecht hat sie nicht. Er wirkt keinesfalls abweisend. Wir werden ihn schon noch Rede und Antwort stehen lassen, denke ich, frage aber stattdessen: »Wie lange bleibt er eigentlich, dein Gast, Mechthild?«

»Am Telefon hat er gesagt, bis morgen. Unser Gästezimmer und die Einliegerwohnung sind belegt, sodass er auf der Couch in Rüdigers Arbeitszimmer übernachten wird.«

»Das ist sehr gut. Er muss also heute Abend nicht mehr nach Hause fahren. Wir Mädels kochen den Bruder weich. Einverstanden?«

»Einverstanden«, kommt die Antwort im Kanon von Mechthild und Christine.

Siebzehntes Kapitel

Die Kirchenglocken verkünden Mittag.

Mechthild bittet alle ihre Gäste zum Brunchen auf die schattige Veranda. Der Partyservice hat Mechthilds Wünsche in die Tat umgesetzt. Angesichts der gemeldeten Hitze gibt es alles, was die mediterrane Küche zu bieten hat. Beherzt packt sich jeder seinen Teller voll. Mundschenk Rüdiger erhält von Ingobert Unterstützung.

Sofie sitzt zwischen Helga und Anna. Nach dem langen Gespräch auf der anderen Terrasse ist die Erinnerung gekommen. Die drei reden, ohne auf die anderen Gäste Rücksicht zu nehmen. Christines Vater nickt gelegentlich, hält sich aber weitgehend zurück. Viel lieber würde er sich mit den beiden Männern unterhalten, findet jedoch nicht die passenden Worte für den Einstieg ins Gespräch. Der wohlerzogene Jagdhund erweist sich als sein Freund und Retter. Dieser ruht an den Füßen seines Herrchens, hat aber jeden, der sich bewegt, in den Augen. Rainer erkundigt sich bei Rüdiger über den Jagd- und Spieltrieb des Hundes und dann, an Ingobert gerichtet: »Haben

Sie auch einen Hund?« So einfach ist es, Eis zu brechen. Ingobert verneint, erzählt aber, dass er als Jugendlicher einen Rottweiler hatte und dass dieser an Altersschwäche gestorben sei.

»Mechthild, wann kommen denn deine anderen Gäste?«, will Sofie wie von einem Geistesblitz getroffen wissen.

»Heute Abend zum großen Grillen. Jetzt ist nur die Familie da.«

»Der Mann mit der Brille, gehört er auch zur Familie? Ich glaube ihn schon mal gesehen zu haben. Aber er hatte keine grauen Schläfen, nur die dunklen Augen.« Tante Sofie schüttelt den Kopf.

»Jetzt, wo du es sagst, Sofie, ich glaube den Herrn auch schon mal gesehen zu haben«, räumt Helga ein.

Es herrscht am Tische eine Grabesstille. Aus manchen Köpfen könnte Rauch aufsteigen. Sofie und Helga kramen vermutlich in der Vergangenheit. Mechthild, Christine und ich pressen die Lippen aufeinander und jede von uns denkt: Jetzt platzt gleich die Bombe. Ingobert und Anna schauen sich entsetzt an. Was jetzt?, steht schon fast auf ihren Stirnen geschrieben. Wer macht den Anfang?

Anna erhebt sich. »Mechthild, hast du Champagner da?«

Ich trete Christine unter dem Tisch ans Schienbein. Laut kommt ein »Aua«. Mein Ablenkungsmanöver, um Zeit zu gewinnen, funktioniert: Alle schauen erst einmal zu ihr.

»Klar habe ich Champus da. Aber den wollte ich eigentlich später beim Öffnen des braunen Koffers servieren. Schließlich ist es für uns ein historischer Moment.«

»Ach bitte, hol doch jetzt schon mal eine Flasche, dann trinken wir nachher eben noch mal.«

»Anna, was ist denn mit dir los?«, will Helga wissen und schiebt die nächste Frage gleich hinterher: »Nur weil ich mich die ganze Zeit frage, woher ich diesen Mann kenne, brauchst du doch jetzt nicht gleich Champagner zu trinken. Und als Nonne erst recht nicht.«

Anna wartet mit der Antwort ab, bis Rüdiger das gewünschte Getränk im Handumdrehen serviert. Es fällt kein Wörtchen. Alle, außer Ingobert und wir drei Mädels, starren Anna an.

Dann legt sie los, als wenn von der Kanzel gepredigt würde:

»Liebe Familie, ich bin überglücklich, heute hier sein zu dürfen. Diesen Tag habe ich viele Jahre herbeigesehnt und jetzt ist der richtige Moment, um euch etwas zu beichten, wenn man es so nennen will.«

»Du lebst gar nicht im Kloster, Anna, sondern irgendwo in einer Großstadt. Du hast ja auch gar keine Nonnentracht an«, funkt Sofie dazwischen.

»Mama, bitte, lass Tante Anna ausreden.«

»Doch, ich lebe im Kloster und ich bin heute in Zivil hier. Mir fällt das, was ich erzählen werde, in diesem Outfit leichter und ich fühle die Nähe zu meiner Familie.«

Es folgt eine kurze Pause, damit alle den Sinn der Worte verarbeiten.

»Erhebt eure Gläser und stoßt mit mir auf die Geburt meines Sohnes an.«

»Was, du bist doch viel zu alt für ein Kind«, so die Reaktion von Sofie.

Anna übergeht den Zwischenruf.

»Die Geburt liegt allerdings zweiundfünfzig Jahre zurück. Probst, nehmt jetzt ruhig einen großen Schluck. Der Freund des Hauses«, sie lächelt Ingobert an, »ist der Sohn von Lutz Schneider und mir. Lutz ist tot, aber er lebt für mich in seinem Sohn weiter.«

Tränenüberströmt setzt sie sich wieder hin. Ingobert hingegen steht mit einer Leichtigkeit auf und stellt sich, die Arme schützend um Anna legend, hinter sie. Auch er hat Tränen in den Augen.

Mechthild reagiert souverän.

»Tante Anna, das hast du gut gemacht. Jetzt hast du endlich dein Schweigen gebrochen. Erzähl uns allen eure Geschichte. Und du, lieber Ingobert, kommst auch nicht drum herum, aus deinem Leben zu erzählen. Aber jetzt ist erst einmal deine Mutter dran.«

Die Gläser werden erhoben. Die ganze Geburtstagsgesellschaft prostet sich zu und stimmt das Lied *So nimm denn meine Hände* an.

»Habe ich mich also doch nicht in den Augen des besonderen Gastes getäuscht. Ingobert hat die gleiche Augenfarbe wie dein Lutz«, frohlockt Helga. Sofie pflichtet ihr bei.

Mechthild hat ihre Feier gut geplant. Beim Brunchen nimmt man sich viel Zeit für die köstlichen Speisen und noch mehr Zeit zum Erzählen.

Alle kleben förmlich an Annas Lippen, als sie nach und nach ihr Leben offenbart. Obwohl Mechthild, Christine, Ingobert und ich die Einzelheiten bereits kennen, sind wir aufs Neue fasziniert.

Ingobert wird direkt in die Familie integriert. Er muss Rede und Antwort stehen. Fast zu neugierig ist Helga. Christine wirft mir aus Sorge, dass die Situation ins Peinliche abdriftet, Hilfe suchende Blicke zu. Ich greife zu einem alten, aber bewährten Trick, die Lage zu entschärfen, indem ich einen Hustenanfall vortäusche.

Chrisi reagiert sogleich und klopft mir auf den Rücken. Sie flüstert: »Wie peinlich, Mamas Fragen. Was kann ich tun?«

»Kipp ihr aus Versehen ein Gläschen Champus oder etwas anderes über die Bluse. Sie wird gleich aufspringen und zur Toilette rennen. Du folgst ihr, um dich zu entschuldigen. Gleichzeitig habt ihr dann auch Gelegenheit für ein Mutter-Tochter-Gespräch.

Achtzehntes Kapitel

Vor der Gästetoilette treffen Mutter und Tochter zusammen. Christine hat meinen Rat befolgt und ihrer Mutter ganz unbeholfen etwas Fischsößchen auf den Schoß gegossen.

»Wir hatten noch gar keine Zeit, miteinander zu plaudern.«

»Ja, das stimmt. Es ist höchste Zeit, unsere Familienfehde zu begraben.«

Die beiden Frauen lassen sich auf den beiden Sesseln in der Halle nieder. Christine hat viele Fragen auf der Zunge, beginnt aber ganz vorsichtig:

»Wollt ihr, Papa und du, uns nach den Tagen bei Mechthild nicht auch noch besuchen? Euer Rückflug geht doch bestimmt erst in ein paar Tagen. Die Zwillinge und Jost wären enttäuscht, euch nicht zu sehen. Außerdem möcht ich endlich wissen, warum ihr damals so Hals über Kopf nach Mallorca ausgewandert seid. Jost und mir hätte es gut getan, euch in der Nähe und zur Unterstützung bei der Erziehung der Zwillinge zu haben.«

»Ich weiß. Diese Vorwürfe mache ich mir heute noch. Lass uns jetzt bitte Frieden schließen. Dass wir weggegangen sind, war überstürzt. Aber wo sollten wir nach Rainers Ausscheiden aus dem Berufsleben hin? Wir haben doch all die Jahre, als er Gutsverwalter bei den *Von Eppenbrück* war, in dem Verwalterhäuschen gewohnt. Für uns und euch Kinder war das Haus ideal. Zum Spielen hattet ihr viel Platz. Dein Vater und ich hatten es versäumt, eine neue Wohnung für den Ruhestand zu suchen. Wir hatten einfach ignoriert, alt zu werden. Der Tag der Entscheidung war plötzlich da. Dein Bruder Thomas bot uns an, zu ihm nach Mallorca zu ziehen. Seine Frau Elena hatte gerade die Bodega ihres Onkels geerbt. Also gab es vorerst genügend Platz in den Gästezimmern. Arbeit in dem kleinen Weinberg und in dem Olivenhain gab es auch genug. Wir nahmen unsere Ersparnisse, verkauften alle Möbel, das Auto und fingen ein neues Leben an. Sicherlich hätten auch du, Jost und eure Kinder mehr von uns haben können. Kannst du uns verzeihen, nicht an eure Tür geklopft zu haben? Bitte.«

Es dauert, bis Christine antwortet. Helga sitzt ihr mit großen, fragenden Augen gegenüber.

»Ja, unter einer Bedingung. Sobald wir Urlaub haben, dürfen wir euch und Thomas besuchen. Ist das ein Wort, Mama?«

»Gerne, mein Kind. Inzwischen haben wir die

Bodega Maloci um zehn Fremdenzimmer erweitert. Der Anbau ist von typischen mallorquinischen Steinmauern und bunten Macchia-Büschen umgeben. In den Weinbergen bauen wir für den Rotwein Cabernat Sauvignon, Merlot und den alten Shirac an. Für Weißwein verwenden wir nur die Beeren des Chardonnay und Sauvignon Blanc. Thomas ist ein guter Kellermeister geworden. Um die Oliven kümmert sich ausschließlich Papa. Das Olivenöl ist das allerfeinste native und wird von unseren Gästen ›solo‹ mit ein wenig Salz und einem Stück Weißbrot vor dem Essen mit Weißwein genossen.«

»Die Bodega ist das richtige Urlaubsdomizil für uns. Die Mandelbaumblüte auf ganz Mallorca interessiert mich natürlich auch.«

»Dann solltet ihr Anfang März kommen. Da gibt es zu dieser Zeit prächtige rosa Farbtöne in der Landschaft zu sehen. Auch die Temperatur ist noch angenehm mit fünfundzwanzig Grad, nur das Baden im Meer könnte noch etwas frisch sein. Abgemacht?«

»Zu Hause setze ich mich für diese Familienreise durch. Ich freue mich jetzt schon.«

Neunzehntes Kapitel

Auf der Veranda reden sie nicht nur alle durcheinander, es herrscht auch ein wildes Gerangel am Kuchenbuffet. Die Kirchturmuhr schlägt vier Uhr. Tante Anna und Ingobert entschuldigen sich abrupt und verschwinden zu ihrem Gebet ins Haus.

Helga und Christine bringen auf dem Rückweg von der Toilette das braune Köfferchen mit. Es thronte die ganze Zeit auf dem Kaminsims. Chrisi stellt es unvermittelt mitten auf den Esstisch.

»Hier«, sie klopft auf das ramponierte Teil, »den wollen wir heute knacken. Deswegen sind wir doch auch gekommen, und nicht nur, weil Mechthild Geburtstag hat. Wenn Tante Anna und Ingobert zurück sind, wird das Geheimnis um unsere Amulette gelüftet.«

Mechthild, Chrisi und ich räumen eilig die Überreste des Brunches ab. Die Kuchen, den Kaffee und Champagner lassen wir stehen. Letzterer kommt ja wieder zum Einsatz, laut Ankündigung des Geburtstagskindes.

Als alle Familienmitglieder wieder versammelt sind, stellt Rüdiger die wichtigste Frage: »Wer von euch öffnet den Koffer?«

Betroffen schauen alle Rüdiger an. Keiner sagt ein Wort. Doch der Hausherr hat vorgesorgt. Aus seiner leichten, kurzen, weißen Seemannshose zieht er ein Päckchen mit Streichhölzern. »Wer verliert, darf aufmachen.«

Christine protestiert: »Das heißt ›Wer gewinnt‹, nicht ›Wer verliert‹.«

»Aber so wollen doch alle verlieren, und das gibt es nicht jeden Tag«, kontert Rüdiger. Mit viel Fingerspitzengefühl bricht er ein Hölzchen ab. Dieses eine vermischt er mit sieben ganzen und hält sie in die Runde. Er macht bei dem Spiel nicht mit. Rainer grenzt sich ebenfalls mit dem Argument ab, er sei nur angeheiratet. Somit bleiben sechs ganze und ein abgebrochenes Streichholz in der Faust. Die Älteste der Runde, Tante Sofie, zieht als Erste und verbirgt ihr Teil in der Hand. Es folgen dem Alter nach Tante Anna, Helga, Mechthild, ich, Ingobert und Christine. Keiner lässt sich etwas anmerken, bis Rüdiger das Kommando gibt: »Zeigt her eure Schätze.«

Sofie öffnet die linke Hand. Ein langes Hölzchen kommt zum Vorschein, ebenso bei Mechthild, Christine, Ingobert und Anna. Eine gewisse Anspannung liegt in der heißen Nachmittagsluft. Helga und ich blicken uns tief in die Augen. Wer von uns beiden hat verloren beziehungsweise gewonnen?

Ich reiche Helga die geschlossene Hand mit dem innen liegenden kurzen Hölzchen und gleichzeitig die andere ohne Inhalt. Die Beobachter wagen kein Wort zu sagen. Helga reagiert. Auch sie reicht mir in gleicher Weise die Hände.

»Jetzt«, rufe ich und wir öffnen gleichzeitig unsere etwas erhobenen Hände. Die Anzünder fallen, wie erhofft, gleichzeitig auf den Tisch. Es ist für die ganze Gesellschaft nicht zu sehen, wer welches Teil verliert.

Somit ist entschieden, dass wir beide Helga und ich, gemeinsam das Köfferchen öffnen. Ich fühle mich richtig gut bei dem Gedanken, weder verloren noch gewonnen zu haben.

In feierlicher Stimmung schreiten wir zur Tat. Das Köfferchen hat zwei Klappschlösser. Leider sind sie abgeschlossen. Der Schlüssel fehlt. So greifen wir zum Messer. Auf Annas »Eins, zwei, drei – und auf!« lassen wir die Klappen springen.

Es ist für die noch lebenden »Schinks« ein historisches Ereignis. Mechthild stellt mit Schwung ein rundes Silbertablett mit randvoll gefüllten Schampusgläsern direkt neben den aufgeklappten Koffer. Alle beglückwünschen Helga und mich zu unserer Tat. Rüdiger hält die Szene mit seiner Videokamera für die Nachwelt fest.

Zwanzigstes Kapitel

Anna ist gänzlich von der Rolle. Kein Wunder, denn sie hat als Letzte im Jahr 2000 den Koffer verschlossen. Obenauf liegt der große Briefumschlag, der von Anna am Tag der Beerdigung von Mechthilds Vater Heinz Wolf beigefügt wurde. Er ist nicht verschlossen. Darunter befinden sich jede Menge Fotos in unterschiedlichen Größen. Sie machen zuerst die Runde durch alle Hände.

Anna klärt auf: »Das ist die Tischlerei wie sie vor dem Krieg ausgesehen hat. Seht ihr, da steht noch ›Tischlerei Schink und Söhne‹ drauf. Die Jahreszahl ist auf der Rückseite. 1937. Hier links, das sind Papa und Onkel Karl, und rechts stehen Mama und die schwangere Tante Elly. In der Mitte steht klein Paul, Julas Vater, sein großer Bruder Otto und du, Sofie, bist das kleine Fräulein dazwischen.«

Sofie betrachtet die monochrome braune Fotografie.

»Ich kann mich daran erinnern, dass ein Freund von Papa, der oft zu Besuch bei uns war, Fotograf war. Er hat wahrscheinlich all die Aufnahmen zu dieser Zeit gemacht.«

»Das ist möglich. Ich glaube, auf einem der Hochzeitsfotos ist eine Prägung des Ateliers«, sagt Anna und legt ein Hochzeitspaar neben das andere. Sie sehen fast alle ähnlich aus. Zumindest die Pose ist gleich. Rechts der Bräutigam in dunklem Anzug mit Hut in der Hand. Zu seiner Linken die Braut, deren linke Hand der Mann hält, da sie rechts den Brautstrauß hält. Die Frauen tragen alle ein halblanges, weißes, weites Brautkleid mit Schleier, der etwas nach hinten geschoben ist, um das Gesicht freizugeben. Die Gesichter wirken ernst. Keiner lächelt.

Auf den Rückseiten der schon arg in Mitleidenschaft gezogenen grauschwarzen Pappebilder stehen gestochen scharf, mit weißem Griffel geschrieben, Angaben zu den Personen und Jahreszahlen.

»Das sind meine Eltern«, freut sich Helga. »Ich habe nie ihr Hochzeitsbild gesehen. Da steht: *Karl Schink und Elly Horn 2.4.1928.*«

»Hier sind Paul Robert Schink und Frieda Schommer 2.4.1928. Die beiden Brüder haben am gleichen Tag geheiratet. Die waren ja ganz schlau – habt ihr, Sofie und Anna, das gewusst?«, mischt sich Ingobert zum ersten Mal ins Gespräch.

Sofie schüttelt den Kopf. Anna hingegen nickt und sagt: »Das kommt noch besser.«

151

Sie tippt auf zwei weitere Paare. Lässt einige Sekunden verstreichen und verkündet:

»Die haben auch am zweiten April geheiratet. Nur einige Jahre zuvor. Man sieht es an den Bildern, die noch älter und abgegriffener sind. Hier sind Helgas, Sofies und meine Großeltern. Paul Konrad Schink und Gerda Schütz 1898. Unsere Urgroßeltern Paul Schink mit Hilde Rosch sind diese hier aus dem Jahr 1856, wenn ich das richtig entziffere.«

Die Schrift ist kaum noch lesbar, da sie offensichtlich mit Grafit geschrieben wurde.

Wir sitzen alle im Kreis um den Tisch. Jeder zieht weitere Fotos raus. Ganz kleine mit nackten Babys, Pferdefuhrwerken, Männern in verschiedenen Uniformen und größere mit Familien vor Häusern. Leider fehlen hier die Angaben zu den Personen, lediglich Jahreszahlen wie 1929, 1935, 1937 und 1918 sind vermerkt.

Ein Bild zieht unsere besondere Aufmerksamkeit auf sich. Ich erkenne es sofort, da ich im Besitz einer kleineren Kopie bin. Bisher konnte ich jedoch nichts mit dem Bild anfangen. Es ist mal wieder Anna, die uns aufgrund ihrer Recherchen aufzuklären weiß.

Das Foto zeigt ein sehr altes Paar, welches auf einer einfachen Bank vor einem riesigen Grabstein sitzt. Das Bild ist sehr abgegriffen, vergilbt und weist kleine Fettflecken und Risse auf. Die

Schrift auf dem Stein ist nicht zu entziffern.

»Meine Lieben«, beginnt Tante Anna leise und mit zittriger Stimme, »die Fotografie muss von einem Profi gemacht worden sein, der seiner Zeit weit voraus war. Solch ein Bild zur damaligen Zeit konnte nur mit höchster Präzision, guter Technik und vor allen Dingen nur auf den besonderen Wunsch der abgelichteten Personen angefertigt werden. Es muss also sowohl den Fotografen als auch das Paar große Überwindung gekostet haben.«

Mich bewegt, was Anna da erzählt, so sehr, dass sich eine Träne löst. Mechthild und Chrisi sind ebenfalls ergriffen und fragen gleichzeitig: »Wer sind die Leute auf dem Bild?« und: »Was hat das alles mit unseren Amuletten zu tun?«

Anna wird wieder Schwester Antonia. Zumindest, um uns zu predigen, was sich hinter dem Bild verbirgt.

»Es sind unsere Urururgroßeltern. Fotografiert um 1880 auf dem Friedhof in Hausbach. Sie betrauern ihre drei Enkelkinder Rita, Rosa und Anna, die dort begraben sind – die Kinder von Paul Schink und Hilde Rosch.«

»Woher weißt du das alles so genau? Die Schrift auf dem Grabstein ist nicht zu entziffern«, will Helga wissen.

»Genau, die Namen stehen auf den alten Durchschlägen, die ich habe. Nur zuordnen konnte ich bislang nichts«, erkläre ich, mehr für mich selbst als zu den anderen.

Einundzwanzigstes Kapitel

Auszug aus dem Zeitungsbericht
vom 26. April 1876

Es nahte die Karwoche und mit ihr der erste große Brand in Hausbach. Am 24. April 1876 brach gegen 1.30 Uhr auf der Dorfstraße Feuer aus. Schuld war ein heftiges Gewitter mit Blitz und Donner. Der Turm der St.-Angnus-Kirche wurde vom Blitz getroffen. Die Turmspitze geriet in Brand. Der niederprasselnde Regen dampfte. Zwei der acht eichenen Balken, die sich in der Spitze vereinigten, wurden vom Blitz gespalten und fortgeschleudert, so daß sie den Schornstein des gegenüber liegenden Hauses zertrümmerten und die Friedhofsmauer teilweise beschädigten. Teile der Bleiverkleidung des Turmhelms fand man in den Gärten, einige Bleistücke durchschlugen die Ziegeldächer angrenzender Baulichkeiten. Das Turmkreuz stand noch, der abgesprengte Wetterhahn aber lag demoliert auf der Erde. Zu zwei Dritteln war die Schiefereindeckung des Turms verloren, jedoch Glocken und Uhrwerk blieben unbeschädigt. Nicht nur die Kirche war ein Raub der Flammen, nein, in kurzer Zeit brannte die Hälfte der Häuser in der Straße.

Der Kolonialwarenladen der Familie Hohenstein, die Schusterwerkstatt von Clemens Reichert, das Backhaus der Gebrüder Hammel und die Goldschmiede der Familie Mathias Rosch und Nachfolger. Sämtliche Hintergebäude wurden eingeäschert, und in weiteren brannten die oberen Stockwerke aus. Gartenhäuschen, Scheunen und Stallungen wurden ebenso vom Feuer des aufkommenden Windes erfasst. Viele Bürger der Gemeinde halfen und eilten mit Ledereimern, gefüllt mit Löschwasser, herbei. Auf Handkarren wurden Wasserfässer und andere Gefäße herbeigerollt. Das Wasser wurde aus den Nachbarbrunnen geschöpft. Der unzureichende Feuerschutz war für die Verwüstungen und für den Tod von 12 Kindern und 8 Erwachsenen der vier völlig ausgebrannten Häuser verantwortlich. Glück im Unglück hatten allerdings Paul und Hilde Rosch, die ausgerechnet in jener Nacht mit ihrem zweijährigen Sohn auf Geschäftsreise waren. Die Eltern von Hilde Rosch, der betagte Goldschmied, seine Frau und die drei Enkeltöchter fanden in den Flammen den Tod. Das gleiche Schicksal traf die Kaufmannsleute

Hohenstein mit ihren vier Kindern und den Bäckermeister nebst Frau und vier Kindern. Clemens Reichert verlor auch seine Frau und seine einzige Tochter. Er selbst konnte sich durch einen kühnen Sprung aus dem oberen Stock retten. Er brach sich allerdings beide Beine und das Handgelenk.

Zweiundzwanzigstes Kapitel

»Das ist ja entsetzlich, das ist nicht wahr!«

»Doch, ihr Lieben, es ist wahr. Diesen Zeitungsartikel habe ich im Archiv recherchiert und die alten Kirchenbücher bestätigen ebenfalls den Brand der Kirchturmspitze 1876. Das ganze Ausmaß der Katastrophe mit den vielen Opfern wurde allerdings etwas nachlässiger dokumentiert«, berichtet Anna.

Während sie weiteres Papier nach und nach aus dem Briefumschlag zieht, resümiere ich das gerade Erfahrene:

»Paul Schink, mein Ururgroßvater, war der Schwiegersohn des Goldschmieds in Hausbach. Er hatte mit seiner Frau Hilde vier Kinder. Drei kamen bei dem Brand ums Leben. Nur er und seine Eltern überlebten. Dann sind die beiden Leute auf dem Foto die ... wer sind die eigentlich? Die Eltern von Hilde sind im Haus umgekommen, für Paul und Hilde sehen die beiden zu alt aus. Von wann ist das Bild noch mal?«

»So um 1880, schaut, die Bepflanzung auf dem Grab ist noch nicht sehr üppig, das können

nur die Eltern von Paul sein, die hier ihre Enkelkinder betrauern. Hier ist die Geburtsurkunde
von Paul. Da sind die Eltern Johann Schink und
Maria Schmitt erwähnt.«

Anna reicht das Dokument in die Runde.
Dann legt sie ein weiteres aus. Es ist handge-
schrieben, auf hauchdünnem Papier, das offensichtlich irgendwo herausgerissen wurde.

Wir sind alle sehr gespannt, welchen Inhalt
das Papier hat.

»Ich kann das nicht lesen, du, Sofie?«, richtet
Helga die Frage an ihre Cousine.

Tante Sofie zuckt die Schultern, gibt aber keine Antwort.

»Mama, ist dir nicht gut? Willst du dich etwas
hinlegen?«, fragt Mechthild mit leiser Stimme.

»Nein, nein, nicht hinlegen, ich muss nur so
viel überlegen und zuordnen. Ach Anna, du weißt
so viel über die Familie, erzähl doch noch weiter.«

»Sofie hat recht, ich werde euch alle aufklären.
Seht her, das ist eine Seite aus einem Tagebuch.
Dem Inhalt nach, hier ist meine Reinschrift aus
der Sütterlinschrift, muss sie von Pauls Frau sein,
geschrieben 1912.«

»Wessen Pauls Frau?« Eine berechtigte Zwi-
schenfrage, diesmal von Rainer.

»Es kann nur Hilde sein. Ich lese vor: *Die
furchtbare Nacht im April 1876 können Paul und
ich niemals vergessen. Wir haben unsere Mädchen*

so geliebt und so jung verloren. Sie hatten ihr ganzes Leben noch vor sich. Ich beneide jede Mutter, die ihre Mädchen an die Brust drückt. Bei Gewitter habe ich Angst, daß uns noch einmal das Schicksal so böse mitspielt. Paul hat mir den Vorschlag gemacht, schöne Amulette als Erinnerung an Rosa, Rita und Anna mit ihren Geburtsjahren anzufertigen. Die Anhänger sollten die ersten Modelle einer neuen Kollektion von Sternzeichen sein, die er in Zukunft anfertigen und an gut betagte Geschäftsleute verkaufen möchte. Noch bin ich ganz unsicher und kann mich mit seiner Idee gar nicht anfreunden. Ich lasse ihn mal machen, wir werden sehen.«

»Prosit auf eure Ahnen.«

Mundschenk Rüdiger gießt schnell die Gläser nach. Er reißt seine Frau, Christine und mich aus unserer erstarrten Pose raus. Wie in Trance stoßen wir an.

Die Schatulle, die ebenfalls im Köfferchen liegt, findet zunächst keine Beachtung mehr. Viel zu aufgewühlt und mitgenommen sind wir. Erst nach einer Viertelstunde erinnert Ingobert uns daran, mal den Schatz zu heben. Eine schöne, mit vielen Ornamenten verzierte Holzkiste liegt, eingeschlagen in ein braunes Seidentuch, noch im Koffer. Feierlich öffnet er den Deckel.

Der Inhalt überrascht uns. Jedes einzelne Schmuckstück legen wir gemeinsam auf das ausgebreitete Seidentuch. Jedem obliegt es, ein Teil offenzulegen. Alles geschieht mit zittrigen Fingern. Zum Schluss liegen achtundzwanzig unterschiedliche Sternzeichenanhänger von circa Zehn-Cent-Münzen-Größe auf der einen Seite. Daneben positionieren wir achtzehn Goldkettchen, die offensichtlich zu den Amuletten gehören, acht Siegelringe mit Krone, drei Paar Eheringe, die sehr schlicht gehalten sind, zwei Taschenuhren für Herren und vier kleine Uhranhänger für Damen. Aus mehreren kleinen Samttäschchen kommen Goldbroschen und winzige Ohrstecker zutage.

Helga betrachtet jedes einzelne Schmuckstück sehr, sehr lange. Sie wiegt sie in den Händen und sagt mit entschlossener Stimme:

»Wir werden alles schätzen lassen – wenn er wirklich so alt ist, sind bestimmt auch einige wertvollere Stücke dabei, wie zum Beispiel die Siegelringe und die Sternzeichen. Diese alle tragen eine kleine Punze. Die anderen Teile nicht. Punzen werden oft eingeschlagen, wenn es Auftragsarbeiten sind. Und diese hier sehen aus wie eine kleine Krone. Jahreszahlenmäßig passen die Amulette in die Zeit von Kaiser Wilhelm den Zweiten. Oder liege ich da falsch?«

»Genau«, bestätigt Anna, »zu dem Schluss sind Sofie und ich auch gekommen. Erinnerst du dich noch, Sofie?«

»Ja. Und ich bin wie Helga dafür, dass wir uns

Rat vom Fachmann holen. Gleichzeitig verzichte ich jedoch auf einen Schmuckanteil. Was soll ich damit machen?«

»Ich habe auch keine persönliche Verwendung dafür. Das Kloster ist zwar mein Zuhause und muss auch unterhalten werden, aber nicht von meinem Erbe«, erbost sich Anna schon im Vorhinein. »Wenn das so ist, möchte ich auch nichts abhaben«, gibt Helga preis.

Die anwesenden Männer schütteln im Takt zuerst den Kopf, dann nicken sie und applaudieren zum Ende.

Wir drei Mädels schauen uns mit einem Fragezeichen auf der Stirn an.

»Dann teilen wir aber durch fünf. Mechthild, Jula, Thomas, Ingobert und ich«, sagt Christine.

»Nein, kommt nicht in Frage, ich kann und will als Pater, genau wie meine Mutter, keinen Besitz haben. Teilt das unter euch vieren auf.«

Dreiundzwanzigstes Kapitel

»Kinder, wie die Zeit vergeht! Habt ihr schon mal auf die Uhr geschaut? Es ist gleich halb acht. Ich erwarte noch Gäste. Das Geheimnis um die Herkunft unserer Amulette ist gelüftet. Wir haben sehr viel erfahren. Freud und Leid. Aber jetzt seid ihr alle so lieb und räumt unsere Enthüllungen zur Seite? Am besten verstaut ihr den Koffer in Rüdigers Arbeitszimmer.«

Nach der Devise »viele Hände, schnelles Ende« ist die Tafel im Handumdrehen abgeräumt. Mechthild und Rüdiger verschwinden in der Küche, um die Grillplatten und andere Leckereien des Partyservice zu holen. Wir Frauen machen uns nützlich und decken den Tisch neu ein. Mit den anderen Gästen werden wir nun vierzehn Personen sein. Rainer kümmert sich um die Glut im Gasgrill. Ingobert kämpft im Garten mit dem Feuermachen auf einer überdimensionierten Eisenschale.

Christine hat den Mann voll im Blick. Hat sie wirklich Gefallen an ihm gefunden? Ich kann es nicht glauben, rechne aber mit ihrem besonderen

Talent, sich einzuschmeicheln. Sie bemerkt, dass ich sie beobachte, und stupst mich wie schon so oft an: »Das ist jetzt die Chance.«

»Willst du deinen Großcousin anbaggern«, zische ich leise, »du bist doch irre.«

»Quatsch, wir wollten ihn doch gemeinsam weich kochen. Er soll uns von sich erzählen. So ganz privates Zeug.«

Schon dreht sie sich auf dem Absatz um und steigt divenhaft die steile und sehr schmale Wendeltreppe in den Garten hinunter. Erst schüttele ich nur den Kopf, warte noch ein, zwei Minuten und folge ihr dann eher unbeholfen. Auf dem Weg zu Treppe schnappe ich mir noch schnell drei supergroße Rotweingläser nebst einer Flasche Rotwein aus dem Hause der *Bodega Maloci*.

Helga und Rainer hatten nach Annas Anruf gleich eine ganze Palette mit Wein und Oliven nach Deutschland geschickt. Das große Wiedersehen soll schließlich tüchtig am Abend begossen werden.

Ingobert und Christine sitzen inzwischen auf Designer-Campingstühlen. Beim Näher kommen verstehe nur einige Wortfetzen von Chrisi. Offensichtlich hat sie die Initiative ergriffen, ein Gespräch anzufangen, indem sie von ihrer Familie erzählt. Ihr Gegenüber ist ein guter Zuhörer, der nur ab und zu einen Kommentar abgibt. Doch Christine wäre nicht Christine, wenn sie nicht sofort wüsste, was Sache ist, als sie mich sieht.

»Ingobert, kannst du uns bitte die Flasche öffnen? Das ist doch Männerarbeit«, trötet sie.

Gentlemanlike zieht der Pater den Korken und gießt sich zuerst den Probierschluck ein. Er kaut und schmeckt wie ein Sommelier. Dann schenkt er uns mit den Worten »Der ist nicht von schlechten Eltern« ein.

»Nee, meine Eltern sind gut«, scherzt Christine zurück.

Ich wage einen Vorsprung, Ingobert nach seinem Privatleben zu fragen. Schließlich bin ich ebenso neugierig wie Chrisi. Außerdem haben wir schon vor drei Wochen bei dem Besuch im Wellnesshotel ausgemacht, dem Bruder auf den Zahn zu fühlen.

»Du scheinst öfters die Korken knallen zu lassen?«

»Na klar. Ich lebe zwar im Männerkloster, das heißt aber nicht, dass dort nicht gegessen und getrunken wird.«

»Ja, klar, Messwein.«

»Das ist nur zum Spülen des Mundes. Nein, guter Rotwein hält mein Herz und den Kreislauf in Schwung. Von meinem Arzt zur täglichen Anwendung empfohlen.«

Ingobert grinst, dann lacht er über seinen eigenen Witz. Wir stoßen an. Die Gläser klirren sehr laut.

»Wie kommst du dazu, ins Kloster zu gehen? Du siehst gut aus, bist gebildet und lebensfroh. Warum?«, stellt Christine die Frage aller Fragen.

Er trinkt das Glas in einem Zug leer. Füllt sich das zweite, um es gleich wieder anzusetzen. Chrisis und mein Blick treffen sich mit Fragezeichen auf den Pupillen.

Wir tun es ihm gleich. Trinken das erste Glas auf ex, nippen aber nur noch an dem zweiten.

»So, jetzt werde ich mal etwas erzählen, meine Mädels. Hängt es aber bitte nicht an die große Glocke, sonst habt ihr es mit mir und Gott verscherzt.«

Wir beide geloben Stillschweigen und heben die rechte Hand. Der Rotwein ist so ganz und gar nicht unser Getränk. Erste Anzeichen von Nebelwäldern machen sich im Kopf breit.

Wir hören einer flüsternden, dunklen Männerstimme zu, ohne uns zu regen und dazwischenzuquatschen.

»Ich komme aus einem streng katholischen Elternhaus. Ich sollte Gärtner wie mein Adoptivvater werden und später die Gärtnerei übernehmen. Aus Liebe zu ihnen machte ich eine Gärtnerausbildung. Viel lieber wollte ich aber Lehrer werden und mich um andere kümmern. Außerdem hat mich der Glaube an Gott interessiert. Nach meinem Meister habe ich noch Theologie studiert. Für meine Eltern war es dann endgültig klar, dass ich den Betrieb am Bodensee nicht weiterführen werde. Sie hatten sonst keine Kinder und somit keinen Nachfolger. Also verkauften sie in dem Jahr, in dem ich in die Benediktiner-Abtei eintrat, den ganzen Besitz an Fremde. Leider hatten sie nicht mehr viel von ihrem Leben ohne Stress, Ärger und den ständigen Kampf um Kunden und Geld. 1993, ein Jahr später, kamen sie bei einem Autounfall ums Leben. Ein LKW hatte sie von hinten auf der Autobahn Richtung München überrollt. Der Fahrer war am Steuer eingeschlafen.«

»Ach, hier seid ihr. Wir wollen mit dem Grillen beginnen, sobald meine anderen Gäste eingetroffen sind.«

Ich winke Mechthild, die zusammen mit Rüdiger auf der Veranda steht, ab. Sie bemerkt den Rotwein und dass wir in ein tiefgründiges Gespräch verwickelt sind.

»Prost auf das Leben danach«, sagt Christine. Wir drei halten uns an den Rotwein. Nun wird es immer schwieriger, den Worten von Bruder Ingobert zu folgen.

»Wo war ich stehen geblieben?«

»Du bist zu den Benediktinern gegangen. Hattest deine Eltern verloren.«

»Ah, ja, das war 1992. Dort übernahm ich gleich die Klostergärtnerei. Mein Vorgänger war alt und gebrechlich. Hatte auch keine Lust mehr.

Veränderung wollte er schon gar nicht. Ich baute mit meinen Kenntnissen eine komplett neue Kultur auf, die sich heute noch gut verkaufen lässt.«

»Was hast du in Kultur?«

»Unsere – ich habe noch vier Mitbrüder – Kultur umfasst circa zweihundert verschiedene Efeuarten. Die meisten wurden von uns gezüchtet und sind Funde aus unseren Pilgerreisen. Es ist sehr spannend, neue Pflanzen entstehen zu sehen. Inzwischen habe ich drei kleine Bücher über meine Lieblingspflanzen geschrieben. Dies macht mich schon etwas stolz, obwohl ich es nicht sein sollte.«

»Deine Bücher gibt es frei zu kaufen, oder sind die nur für Insider?«

»Nein, für alle, die sich für Efeu interessieren. Veröffentlicht sind sie unter meinem weltlichen Namen *Ingolf Schwartz*.«

»Du hast viel erlebt. Höhen und Tiefen. Bist du eigentlich mit deinem jetzigen Leben glücklich? Wenn ich dich das fragen darf …«

Ich versuche mich voll auf meine Worte und auf die ersehnte persönliche Hingabe von Ingobert zu konzentrieren. Das rote Gesöff ist ein feines Teufelszeug.

Die nächsten Gäste rücken an. Auf der Veranda sind fremde und laute Stimmen zu hören. Ab und an auch lautes Lachen. Wir müssen doch nicht ausgerechnet jetzt, wo es noch spannender wird, unseren heiligen Gral verlassen. Christine und ich rücken mit den Stühlen dichter an Ingobert. Wie eine kleine Verschwörung sieht es aus. Zwischen uns steht die leere Flasche. Wir stecken die Köpfe zusammen und der Pater setzt seine Erzählung fort.

»Ich glaube an Gott. Mit dreißig Jahren bin ich unbeschwert, etwas naiv und ohne große Erwartungen dem Orden beigetreten. Ich wusste nicht, was es heißt, arm und gehorsam zu sein. Die Gedanken kamen erst später. Vier Jahre nach der Priesterweihe. Der Abt hatte für einige Monate Kunststudenten und Maler in die Abtei eingeladen. Sie wollten das Leben von uns Mönchen in Alltagssituationen zu Papier bringen. Unter ihnen war Astrid, eine freischaffende Künstlerin. Wir verbrachten viel Zeit miteinander. Sie schaffte es, mit schnellen gekonnten Strichen, meine Bewegungen beim Topfen festzuhalten. Sie war gertenschlank, hatte lange, schwarze, zum Zopf gebundene Haare. Ihre schwarzen Augen verbarg sie stets hinter einer großen roten Brille. Sie war drei Jahre jünger als ich. Meine Fantasie ging mit mir durch, was sie unter dem alten, total verschmierten Overall wohl trug. Irgendwann, als sie mit mir alleine eine Studie betrieb, sagte sie: ›Ich habe mich in dich verliebt.‹ Als sie es sagte, wusste ich, dass ich auch verliebt war. Wir waren ein halbes Jahr ein Paar. Mitten in der Nacht schlich ich mich aus meiner Kammer, um bei Astrid im Gästehaus zu sein. Kurz vor fünf Uhr kam ich zurück und bereitete mich auf die Morgenandacht vor. Ich glaubte, es würde niemand merken. Doch alle wussten es. Sie schwiegen und gönnten mir mein Vergnügen. Es war eine Zeit, in der ich ohne Zärtlichkeit nicht leben konnte. Zum ersten Mal erfuhr ich dieses wohltuende Gefühl. Es war anders als die Mutterliebe.«

»Kommt ihr bitte!«

»Gleich, leg' uns doch einfach etwas Fettiges auf den Rost.«

»Was geschah dann?«

»Sie schwiegen, bis eines Tages der Abt zu mir sagte: ›Sie haben etwas mit Frau Riemer.‹ Ich müsse mich entscheiden, sagte der Abt. Er hatte recht. Ich habe nichts gegen den Zölibat, er ist eine gute Sache: Mich ganz verschreiben, frei sein von allem, einem Haus, einer Frau, Kindern, einem bürgerlichem Leben, allem, was einen bindet, um den Menschen zu helfen – das wollte ich. Dann kam Astrid. Ich musste mich entscheiden, ich wusste es. Und ich entschied mich.«

»Jetzt macht doch endlich mal Schluss mit eurem Getuschel!«

»Für sie. Ich beschloss, den Orden ihretwegen zu verlassen. Ich wollte mit ihr zusammen ein neues Leben beginnen. In meinem alten Beruf als Gärtnermeister mit hinreichender Erfahrung hätte ich bestimmt außerhalb Baden-Württembergs eine Anstellung gefunden. Doch dann verließ sie mich. Einen Tag bevor ich meine Entscheidung dem Abt mitteilen wollte. Sie hatte sich in einen anderen namens *Claus* verliebt. So war das mit Astrid.

Jetzt lasst uns zu den anderen rübergehen. Es ist schon unhöflich genug, so lange hier zu dritt rumzusitzen.«

Auf sehr wackeligen Beinen begeben wir uns in Richtung Veranda. Ich kneife Christine in den nackten Unterarm. Sofort bleibt sie stehen und schaut mich mit glasigen Augen an.

»Komm, wir gehen uns zusammen frisch machen. Wir können das jetzt gut gebrauchen.«

»Jetzt? Die warten doch alle auf uns.«

»Nur fünf Minuten. Ich will dir noch schnell etwas unter vier Augen sagen.«

Vierundzwanzigstes Kapitel

Bochs Gästetoilette ist fast so groß wie unser Bad. Chrisi und ich haben genügend Platz vor dem Spiegel. Wir sehen etwas mitgenommen aus. Kaltes Wasser soll Wunder wirken.

»Was willst du mir denn so Wichtiges sagen, dass wir uns hierher flüchten müssen?«

»Kannst du dich noch an die beiden Namen erinnern, die Ingobert in seiner Liebesgeschichte erwähnt hat?«

»Warte mal. Astrid Riemer und Claus.«

»Genau. Astrid Riemer und Claus Schlosser. Wir kennen die beiden.«

»Wieso?«

»Dieser Claus ist einer der Kompagnons von Rüdiger. Rüdigers Kanzlei heißt doch *Boch, Schlosser & Partner* und hat ein Zweitbüro in Heidelberg.«

»Ja, Claus und Astrid. Die sind uns bei Rüdigers sechzigstem Geburtstag vorgestellt worden. Erinnere dich. Sie groß, dunkelhaarig, schlank mit Brille. Sie erzählte mir von mehreren Vernissagen mit Charaktermenschen, die in den Kanzleien von Kollegen ihres Mannes stattfinden.«

»Das wäre aber mehr als ein Zufall.«

»Doch, wenn ich dir das sage. Und Mechthild hat mir mal erzählt, dass die beiden sich nicht besonders lange gekannt hatten. Die Heirat war sehr kurzfristig arrangiert. Das ist aber schon lange her. Astrid sei damals schwanger gewesen, habe aber leider eine Fehlgeburt erlitten. Und seitdem habe sie nie mehr einen Kinderwunsch gehegt, genau wie Mechthild.«

»Du willst doch nicht etwa sagen, dass unser Ingobert der …«

»Halt die Klappe, sag lieber nichts. Wir kommen in Teufels Küche. Die Situation wird peinlich genug, wenn die drei aufeinandertreffen. Soviel ich weiß, ist das Ehepaar Schlosser-Riemer heute auch geladen.«

»Halten wir uns an unseren roten Freund. Mamas und Papas Rotwein sorgt für genügend Stimmung.«

»Das glaube ich auch. Versprechen wir uns gegenseitig, Herr der Dinge zu sein und uns sowohl Ingobert als auch Frau Schlosser-Riemer gegenüber nichts anmerken zu lassen. Vielleicht ist unserem Großcousin die Folge seines Amüsements gar nicht bekannt.«

Unsere Auffrischung in der Toilette dauert doch etwas länger. Inzwischen sind Mechthilds restliche Gäste eingetroffen. Wir beide kennen sie alle. Schließlich fehlen sie auf keiner Boch'schen Party, zu der wir auch immer eingeladen werden.

Es fallen freundliche Begrüßungsworte. Wir nehmen rechts und links von Ingobert unsere Sitzplätze ein. Logenplatz.

Wird eine Bombe platzen?

Souverän begrüßen sich Astrid und Bruder Ingobert. *Beichtbruder Ingobert* wäre treffender. Sie machen kein Geheimnis daraus, dass sie sich kennen. Im Gegenteil, Astrid und Claus nehmen uns gegenüber Platz.

Unter dem Tisch werde ich von Christine an meinen Füßen malträtiert. Ich wehre mich dieses Mal, entschuldige mich mit dem gefüllten Rotweinglas in der Hand und proste ihr blinzend zu.

Die Gespräche sind sehr abwechslungsreich. Die Studie mit den Mönchen kommt genauso zur Sprache wie die Vernissagen bei den Anwälten. Nur eines wird verschwiegen. Claus hat wirklich keine Ahnung von dem Vorleben seiner Frau. Und wir haben Ingobert geschworen, seine Beichte für uns zu behalten.

Die Geburtstagsgesellschaft hat ihr Vergnügen. Mechthild ist der Star des heutigen Abends.

Es wird gegessen und getrunken, was der Tisch geladen hat. Kaisers Rotwein findet wie die edlen Oliven große Gönner. Hoffentlich reicht Bochs Vorrat. Je weiter die Stunden vorrücken, desto beschwipster und lockerer sind alle. Selbst Helga und Anna tanzen auf der eigens hergerichteten Tanzfläche vor dem Pool. Die laute Musik und der Duft nach offenem Feuer stört nicht mal die Nachbarn.

Auto fahren kann von der ganzen Gesellschaft niemand mehr. Die Freunde der Bochs haben sich Taxen vorbestellt, die sie pünktlich gegen zwei Uhr abholen werden. Außer Christine und mir nächtigen alle anderen Familienmitglieder hier im Haus.

Chrisi hat auch vorgesorgt und bittet per Handy Jost, der noch im Dienst bei der Kripo ist, uns abzuholen.

Keine Viertelstunde später schießt in einem Affenzahn ein Streifenwagen mit Sirene und Blaulicht den Hammerberg hoch und stoppt vor Bochs Villa.

»Was ist denn jetzt los?«, fragen Ingobert, Helga, Anna und Mechthild gleichzeitig. »Wurde eingebrochen? Ich habe gar nichts bemerkt«, gibt Rüdiger säuselnd in die Runde.

In diesem Moment springen ein Polizist in Uniform und Jost in Zivil aus dem Wagen. Christine jubelt in nicht ganz verständlichen Worten etwas wie: »Ach Jost, schön, dass du gleich kommst, ich bin ja so müde, bringst du uns bitte ganz schnell nach Hause?«

»Sicher, meine Liebe, aber erst setze ich meinen Kollegen noch auf der Wache ab. Mädels, steigt ein.«

»Moment mal, ich bin noch nie in einer grünen Minna gefahren. Dann möchte ich wenigstens in Handschellen abgeführt werden«, protestiere ich lallend.

Schlagartig wird Mechthild aus ihren Alkoholschwaden befreit und ruft: »Was sollen denn die Nachbarn denken? Bei uns werden die Gäste in Handschellen gelegt und abgeführt.«

»Klar, und morgen steht in der Zeitung: *Koffer voll Schmuck bei Party im Villenviertel aufgebrochen. Täter auf frischer Tat ertappt.*«

Kreislauf des Lebens

»Ommah … daaaaa … daaaaa.«

Klein Naddy sitzt in dem alten Ohrensessel.

Mit anderthalb Jahren läuft er sicher und kann beherzt überall hochklettern. Der Wortschatz meines Enkels ist im Aufbau. Täglich lernt er neue Begriffe.

Mäh ist das Schaf. *Waffer* bedeutet Wasser, *Feufer* ist das Kaminfeuer, *An!* heißt Fernseher, Stereoanlage, Kaffeemaschine oder ein anderes Haushaltsgerät anschalten.

»Brrrr … brrrrr …«

Das Zeigerfingerchen tippt energisch auf eine kleine Abbildung. Auf den Knien liegt ein Werbeheftchen von einem Werkzeughersteller.

Ich beuge mich zu ihm runter und versuche zu erkennen, was Leonard so interessiert.

»Brrrr … brrrrr … Ommah … daaaaa … daaaaa.«

Ist das klein.

Ich knipse mir die Leselampe neben dem Sessel an und greife zusätzlich noch zu meiner Lesebrille, die auf dem Tisch liegt.

»Ommah … Licht an.«

Ich schmunzele und streichle Leo wie so oft am Tag über seinen blonden Schopf.

Er gibt mir das Heftchen in die Hand. Nun erst sehe ich, was der Bub meint. Lesen kann er noch nicht, aber er erkennt die wichtigsten Details und Zubehör.

Das *Brrrr* ist eine kleine Akkubohrmaschine im Vordergrund und ganz klein daneben ein Päckchen mit passenden Bits.

Leonard wird später bestimmt ein guter Handwerker werden.

Wenige Tage später bekomme ich Besuch von meiner Cousine Christine. Wir haben uns ein paar Tage nicht gesehen.

Bereits am frühen Nachmittag genehmigen wir uns ein Gläschen Prosecco und reden über Gott und die Welt. Auch über Gewohnheiten und Lebensqualität reden wir.

Ich krame meine Lieblingslektüre, eine Ausgabe der *Land-Apotheke*, hervor und unterbreite Christine mein favorisiertes Rezept zum Anfertigen einer Efeu-Seife. Cousinchen schaut mich aus geweiteten braunen Augen an. Tippt mit dem Zeigefinger auf den Text: »Da …«

Die Situation kommt mir bekannt vor.

»Da … steht etwas, aber es ist zu klein geschrieben. Ich habe meine Brille nicht mit.«

Ich lache, ich kann mich gar nicht beruhigen.

Christine lacht mit – obwohl sie nicht weiß, warum. Ich lache nicht über sie, schließlich brauche ich auch eine Lesebrille, sondern über die ganze Szenerie.

Klein Leo kann nicht lesen, sieht aber das Winzigste im Detail, und Christine kann lesen, sieht aber nichts.

Wir nennen dies *Kreislauf des Lebens*.

November, 2014

Rezept für eine Geschichte

Vorbereitungszeit nach Wahl

Man nehme etwas Fantasie und vermischt sie mit einer tollen Idee, dazu kommen natürlich noch reichlich andere Zutaten.

- 150 Gramm deutsche Grammatik, die man am besten mit ganz fundierten Lateinkenntnissen aus der Oberprima erlernt hat und dann nicht wirklich richtig umsetzen kann;
- 225 Gramm Rechtschreibung, gut abgehangen bzw. vor grauer Vorzeit erlernt;
- 5 Tage oder besser gleich eine ganze Woche Urlaub. Zum Dauerschreiben und Dauerdenken;
- Mindestens 15 große Tassen Espresso extrastark aus dem Vollautomaten zum Wachbleiben;
- Einige Tropfen Grappa aus dem original Grappaglas, des Geschmacks wegen;
- Auf sonstige kulinarische Zutaten sollte man verzichten, diese stören nur die Gedankengänge, da sie wieder abtransportiert werden müssen;

- 1 Laptop mit Windows Vista und *Word*-Textverarbeitungsprogramm, ein anderes Gerät ist auch zu akzeptieren, solange man nicht wie früher auf Papier und Bleistift oder eine alte knatternde, klapprige Schreibmaschine zurückgreifen muss;
- 1 Schaukelstuhl mit Leselampe, falls die Tasten nicht beleuchtet sind;
- 1 220-V-Stromanschluss mit Doppelstecker für Laptop und Leselampe;
- 1 Kissen, um die Füße auf dem Schemelchen hochzulegen;
- 1 ordentliches Fenster zum Durchgucken, damit man den Gesamtüberblick nicht verliert;
- 20 x 6 Sekunden Augenklappentraining beidseitig, d. h. die Augen wirklich gleichzeitig für genau 2 Sekunens mehrmals schließen, um sie dann wieder zu öffnen;
- 40 x 6 Sekunden Augenklappentraining für jedes Auge, verfahren wie mit beiden Augen;
- Mindestens 120-mal einen kräftigen Luftzug tun, besonders bei fortgeschrittener Stunde, dazu sicherheitshalber kurz aufstehen, um letztlich gekonnt und mit Luft voll gepumpt auf den Schaukelstuhl zurückzufallen;
- 1 Anrufbeantworter, der jedem Störenfried gründlich die Meinung sagt, dass man sich im Ausnahmezustand befindet, jede Ablenkung mit einer Notlüge bestraft wird und

man auch garantiert nicht in den nächsten 10 Tagen zurückrufen wird;

- 1 Packung Ohrenstöpsel, falls man sich schon im Jenseits verloren fühlt und nun die absolute Stille aufnehmen will;

- 1 leere Packung Zigaretten und ein ausgedientes Feuerzeug, da man ja als Nichtraucher nicht rauchen und auch gar nicht mehr in Versuchung gebracht werden will;

- 1 gutes, rein deutschsprachiges Rechtschreibprogramm, damit man später keine fremde und fantasielose Hilfe in Anspruch nehmen muss, wenn man von Schreibwut befallen ist und einem die Gedanken nur so über die Tasten fliegen und man tausend schöne Tippfehler ganz aus Versehen reinhaut;

- 1 vollautomatischen Erinnerungslaut am Computer, der es wagt, den Schreibenden mehrmals daran zu erinnern, das gerade Verfasste abzuspeichern, bevor der überraschende Sekundenschlaf einen Finger auf die »Alles löschen«-Taste fallen lässt;

- Als Zugabe oder besondere Würznote sei noch anzumerken, dass man, wenn man wiederum in der Schule sehr gut im Zeichenunterricht aufgepasst hat, den einzelnen Zutaten hübsche Bleistiftstrichmännchen hinzufügen kann. Vorausgesetzt, man hat *Paint* auf dem Rechner und kann damit arbeiten oder weiß die

Bildchen zu Papier zu bringen, einzuscannen und im Text an die richtige Stellen zu platzieren;

- 1 selbst entworfenes Deckblatt bzw. 1 Einband mit knapper Selbstvorstellung;
- 1 Passfoto, welches schon mittelalt ist, man darf hier schon ein klein wenig schummeln. Es soll nur als Beweis der eigenen Existenz dienen;
- 1 gut geschüttelten, außergewöhnlichen Titel.

Das Ganze hat circa 100 000 Kilokalorien wegen des Zuckers im Espresso. Er entfaltet nur so seinen Geschmack. Vielleicht 50 Kalorien für den nur genippten Grappa.
Der Kopf, besser das Gehirn, hat jedoch geschätzte 5 000 000 verbraucht.
Und schon ist eine Geschichte geboren, die circa zehn Minuten Zeit in Anspruch nimmt, um erzählt zu werden.

Jula, 27. Januar 2014
Costa Rica

Nachschlag

Geschichten, die noch von Jula geschrieben werden,
an einem tristen Novembertag,
irgendwann und irgendwo

- ❖ Erdbeben – die letzten Sekunden im Grandhotel
- ❖ Die Speisekarte meines Lebens – erzählt die Biografie von Jula
- ❖ Am Ende ist's Palettendreck – zwei Bilder, eins ist vergänglich
- ❖ Rechter Zeh und linkes Knie – meine steten Begleiter
- ❖ Das Kofferversagen – kubanisch reisen
- ❖ Monikas Verschwinden im See – beruht auf Tatsachen
- ❖ Schlafen, Schwitzen, Schwimmen, Schonkost – Klein Leo's Leben
- ❖ Meine erste Filmrolle – Sonne, Strand und Wellen sind Nebendarsteller
- ❖ Jenseits von Afrika – wenn Geschichtenerzählerin Jula die Fantasie durchgeht